Pakt unter Brüdern
Die Geheimnisse der Familie Kondere

Autor
Peter Kooter

INHALT

1.	Prolog	Seite 4
2.	Ein verhängnisvoller Tag	Seite 21
3.	Miriam	Seite 25
4.	Eleonore	Seite 28
5.	Die Familie Kondere	Seite 34
6.	Es ist soweit	Seite 41
7.	Das Kondere-Haus am alten Weg	Seite 43
8.	Drei Generationen, eine Wahrheit	Seite 48
9.	Der schwärzeste Tag	Seite 56
10.	Die Kondere Frauen	Seite 62
11.	Tränen	Seite 74
12.	Der alte Mann	Seite 85
13.	Katakomben	Seite 98
14.	Keller	Seite 101
15.	Mathews Folter	Seite 107
16.	Die andere Seite	Seite 109
17.	Stiller Schrei	Seite 122
18.	Marius und seine Firma	Seite 127
19.	Kunde von der anderen Seite	Seite 135
20.	Henkersmahlzeit?	Seite 145
21.	Szene eröffnet	Seite 149
22.	Eine Frage der Sichtweise	Seite 155
23.	Endlich wach	Seite 158
24.	Showdown	Seite 167

Herstellung und Verlag:
BoD - Books on Demand, Norderstedt
ISBN 978-3-7392-0468-0

1. Prolog

Vor etwa zwölf Jahren...

Der letzte Donner war laut genug, um Mathew zu wecken und er saß unruhig in seinem Bett. Im Gegensatz zu anderen Kindern in seinem Alter, hatte er keine Angst vor dem Gewitter und dem lauten Grollen in finsterster Nacht. Ganz im Gegenteil faszinierte ihn dieser Vorgang nur und fesselte ihn oft stundenlang an eines der Fenster in seinem Zimmer. Er war dankbar, dass ihn der Donnerschlag vor seinem Fenster geweckt hatte. Tag für Tag wurden seine Albträume schlimmer. Er fragte sich, was das auslöste und wie er dagegen ankommen sollte. Er hatte bei diesem speziellen Traum nicht mehr geschafft, als ihn dahingehend zu steuern, dass er ihn beenden konnte, wenn er sich konzentrierte. Doch er setzte sich an der Stelle fort, die er verlassen hatte, wenn er wieder einschlief. Er konnte an einer Hand abzählen, wie viele schöne Träume er bisher hatte. Zumindest konnte er sich nur an wenige erinnern. Es war eine schreckliche Marter, die ihn Nacht für Nacht einholte.

In diese Gedanken versunken beobachtete er das Prasseln des Regens an die Fensterscheibe, dass grelle Aufleuchten der Blitze, die die Nacht kurz zum Tage machten und den Wind, wie er die Bäume schüttelte, als würde er sie stürzen wollen. Da saß er dann, starrte auf den dunklen Himmel und dachte sich Geschichten aus. Er sann über magische Vorgänge nach, die dieses Grollen hervorriefen. Und obwohl er diesen Dingen furchtlos gegenüberstand, war dieser Sturm anders. Nicht nur die Lautstärke hielt ihn wach, sondern auch dieses seltsame Knistern in der Luft und die unheimliche Bewegung des Windes vor seinem Fenster. Mathew zuckte kurz zusammen, als ein kleiner Fuchs aus dem Schatten eines Baumes hervor sprang. Er versuchte offenbar, sich vor dem Sturm zu retten und huschte über das Grundstück, wobei er immer wieder aufmerksam den Kopf hob und sich nach Gefahren umsah. Dies war einer der Vorteile ländlich zu leben. So etwas zu sehen war für Mathew schon immer wertvoll gewesen. Ebenso für seine Eltern. Doch irgendwie verhielt sich dieser Fuchs seltsam. Schon die Tatsache, dass er in dem Sturm außerhalb seiner schützenden Behausung herumlief. Doch er war noch wegen anderer Dinge unruhig, so schien es. Und dann tat das Tier etwas, dass Mathew noch unruhiger machte. Der Fuchs fasste ihn plötzlich ins Auge. Er hatte erneut seinen Kopf gehoben und sah Mathew nun direkt an. Mathew hatte sich nicht bewegt, oder irgendwie ein Geräusch gemacht. Zudem saß er in der Dunkelheit. Der nächste Blitz erhellte die Umgebung und Mathew, wie auch der Fuchs konnten sich genau sehen. Das rote Fell des Fuchses war komplett nass und gesträubt. Es wirkte auf diese Weise eher gräulich braun. Zudem war ein Auge des Tieres blind. Beide Ohren waren gespitzt und auf Mathew gerichtet. Es war ein magischer Moment befand er, bis der Fuchs laut und gequält aufheulte. Mathew wäre beinahe vom Bett gefallen. Und als er wieder aus dem Fenster sah, nachdem er sich gefasst hatte, war das Tier nicht mehr zu sehen. Aus irgendeinem unerfindlichen Grund bekam Mathew Angst. Es war wie eine Szene in seinen Träumen. Normalerweise musste er nun um sein Leben fürchten, da sich der Fuchs auf irgendeine Weise Zugang zum Haus verschafft hätte und Jagd auf ihn machen würde. Es kam nicht selten vor, dass sich seine Angst in Träumen als Tier manifestierte. Er versuchte den Gedanken abzuwenden.

Etwas in seinem Kopf sagte ihm, dass der Sturm ebenso rastlos war, wie er in dieser Stunde. Das diese Nacht anders war, als die Bisherigen. Etwas in seinem Mund schmeckte nach Metall und seine Magengrube surrte. Als stünde etwas Schreckliches bevor, stand er auf und gab dem Drang nach, sich im Haus umzusehen. Seine Träume schienen ihm die Angst zu nehmen. Sie waren zumindest grausam genug, um ihn mit Angst resigniert umgehen zu lassen. Aber gleichzeitig gaben sie ihm auch eine unnachgiebige Finsternis, die in ihm schlummerte. Ein schrecklicher Gedanke für einen Jungen seines Alters. Er wandelte oft, wenn seine Familie tief schlief, lautlos durch die Zimmer des Elternhauses und vergewisserte sich, ob alle wohlbehalten waren. Das hatte er schon immer getan und deswegen konnte er sich auch geräuschlos im Haus bewegen. Es war ein altes Haus und jemand, der nicht darauf achtete, würde bei jedem Schritt Geräusche erzeugen. Die alten Bodendielen und Balken verrieten nur zu gern, dass sich jemand durch die Räume bewegte. Mathew jedoch kannte jede alte knarzende Diele in diesem Haus und war geschickt darin, diesen auszuweichen. Das war der Grund, warum er oft noch lange wach sein konnte. Zudem hatte es sich auch anderweitig als nutzbringend erwiesen. Denn er konnte seine Eltern oft schon einige Zeit vor ihrer Ankunft in seinem Zimmer hören. Er musste schon stark abgelenkt sein, dass sie ihn erwischen konnten. Nur sein Vater zeigte ähnliches Geschick beim Umgehen der Krachmacher, zumindest, was die Treppen anging. So manches Mal hatte er sich angeschlichen und Mathew überrascht. Doch das würde heute Nacht nicht geschehen. Alle waren im Land der Träume, so schien es.

Er war gerade am Schlafzimmer seiner Eltern vorbeigekommen und hatte das vertraute Geräusch des leisen Schnarchens vernommen. Seine Eltern schliefen ebenso wie er und seine Schwester im ersten Stock, während sich seine beiden älteren Brüder das zweite Stockwerk teilten. Es machte ihm unbewusst Angst, dass es so ruhig war im Haus. Und jedes Mal, wenn er an den dunklen Zimmern vorbei ging, zog sich sein Magen zusammen. Das fand seinen Ursprung ebenfalls in den Träumen, die er hatte. Sie spielten sich zumeist in eben diesem Haus ab. So wurde jede dunkle Nische zu einer Mutprobe.

Beinahe wollte er glauben, dass nur er den Sturm hören konnte. Er ging noch zum Schlafzimmer seiner Schwester, die ebenfalls leise ratzte und deren Augen eilig unter den Lidern tanzten. Langsam schlich er hinein in das Zimmer und kniete vor ihrem Bett nieder, wobei er ihr bei den stoßartigen Atemzügen zusah. Die Katze auf

ihrem Bett; Miriam hatte sie Stinki getauft; erhob kurz den Kopf und maunzte ihn schlaftrunken an. Mehr eine Mischung aus Schnurren und Maunzen zugleich, wie er befand. Doch sie rollte sich sogleich wieder zusammen und sank leise schnurrend wieder in den Schlaf. Dann tat er etwas, dass er manchmal tat, wenn er seine Schwester in diesem Zustand des unruhigen Schlafes sah. Er wusste, dass dies half, so tat er es auch manchmal bei ihr. Er nahm ihre Hand, die oben auf der Decke lag und sich ab und zu verkrampft verschloss. Er drückte sie nur so leicht, dass sie es unterbewusst spüren konnte. Dann flüsterte er leise etwas, dass seiner Meinung nach helfen würde.
„Hab keine Angst Miriam. Ich bin bei dir."
Er stellte sich gerne vor, wie dies die Szenerie des Traumes zu beeinflussen vermochte. Er war sich jedenfalls sicher, dass es half. Denn fast immer entspannte sich seine kleine Schwester daraufhin. Warum er das tat, wusste er eigentlich nicht. Tagsüber hasste er seine Schwester beinahe. Wie es Geschwister eben oft tun. Auch wenn sie erst sieben war, hielt er sie für eine kleine besserwisserische keifende Hexe, die nichts anderes im Sinn hatte, als zu petzen und zu zanken. Was natürlich nicht im Geringsten dem nachstand, was sie über ihn dachte. Doch nachts, wenn die Angst kam und wenn seine Träume hervorkamen, die in ihrer Grausamkeit keiner in dieser Familie so richtig nachvollziehen konnte, war er dankbar, wenn er bei seiner Schwester sein durfte. Er hatte sie schon so manches Mal mitten in der Nacht besucht und war bei ihr geblieben. Für die Gewissheit, dass jemand um ihn herum war, hatte er dann sogar jedes Mal auf dem harten Boden geschlafen. Vielleicht war es also eine Gegenleistung für die Liebe und den Schutz, den ihm seine Schwester unbewusst durch diesen Großmut schenkte, ihn bei sich zu dulden. Sie beide waren sich niemals bewusst gewesen, wie sie einander beschützten, doch Mathew hatte schon immer das Bedürfnis gehabt ihr zu helfen, wenn sie ihn brauchte. Und er wusste, dass sie das auch für ihn tat. Es war ein unausgesprochenes und ebenso amüsantes Versprechen, dass niemand mit ihnen Streit haben durfte als nur sie beide miteinander. Ein eigenartiges Übereinkommen, denn sie gingen oft

viel hässlicher miteinander um, als andere es taten, wenn auch *zumeist* nur mit Worten.

Und doch griff Mathew immer ein, wenn seine Schwester beleidigt, oder gehänselt wurde. Warum wusste er auch in diesem Fall nicht. Möglicherweise, weil er der große Bruder war, auch wenn sie beide nur zwei Jahre auseinander lagen. Es war die seltsame Liebe, die Geschwister zueinander hatten und die auch nur solche kennen. Er sah kurz nach oben, denn ein Knarzen des alten Holzes erschreckte ihn. Die Zimmerdecke in Miriams Zimmer war etwas höher, als in den anderen Zimmern, Es war die einzige Decke, die aus dunklem Kirschholz gefertigt war. Mathew wusste, dass es einst das Büro seines Vaters gewesen war. Und er war froh, dass es nicht sein Zimmer war. Denn es war etwas dunkler, als die anderen Zimmer des Hauses. Mathew fürchtete sich auch in diesem Moment, vor allem vor den dunklen Ecken, die er nicht einsehen konnte. Immer wieder blickte er sich um. Er fühlte sich völlig schutzlos, wenn er sich so frei in der Dunkelheit bewegte. Auch diese Tatsache zeigte, dass es Liebe sein musste, die ihn bewegte, seiner Schwester beizustehen. Denn er fürchtete sich auch in diesem Moment.

Als er sich nun vergewissert hatte, dass sich die Atmung Miriams beruhigt hatte, dachte er einen Moment lang daran, dass er sich oft auch Hilfe in seinen Träumen wünschte. Er schauderte dabei. Seine Träume waren oft so schlimm, dass er das ganze Haus aufweckte, wenn er daraus erwachte und er wusste, dass sich seine Mutter manchmal furchtbare Sorgen um ihn machte. Nicht selten war vorgekommen, dass seine eigene Mutter sich schwer tat, ihn danach zu beruhigen. Denn für Mathew war es oft genug beinahe unmöglich die Realität wieder zu finden. Deshalb hatte er gelernt, diese Ausdrücke der Angst zu unterdrücken und seine Träume für sich zu behalten. Er machte sogar Fortschritte in der Arbeit seine Träume zu steuern. Nur manchmal noch, wenn die Gestalten seiner Träume besonders grausam waren, konnte ihm selbst seine Flugkunst im Traum und die Fantasie nicht mehr helfen. Dies

waren die grausamen Sekunden, die sich wie Stunden zogen und er wurde auf schrecklichste Weise nieder gemetzelt, zumeist gefressen. Oder es traf seine Familie. Stets jedoch mit demselben Schauspiel, dass für ihn die reinste Marter darstellte, die sich sein junger Kopf vorstellen konnte. Es waren die Träume, in denen diejenigen, die er liebte ihm amüsiert beim Sterben zusahen, oder er ohnmächtig dabei zusehen musste. Es waren die Träume mit den Schatten und sie waren stärker als er. Mühevoll verscheuchte er den Gedanken. Er wollte nicht erneut von ihnen träumen. Er sagte seiner Schwester noch etwas, dass ihr hoffentlich die Träume in dieser Nacht erleuchteten.
„Heute Nacht kann dir keiner etwas tun. Deine Eltern und ich beschützen dich."
Er sah, wie ein kleines Lächeln die Lippen seiner Schwester umspielte und sie tief und entspannt ein und wieder ausatmete. Ein voller Erfolg. Also ging er weiter, nachdem er kurz die Katze gestreichelt hatte. Er tat dies zügig, denn er wollte auch schnell wieder aus der Dunkelheit heraustreten.

Im ersten Stock leuchtete stets Licht im Flur. Die Kinder sollten sich beim Besuch der Toiletten nichts brechen, hatte die Mutter immer gesagt und Mathew hatte auf diese Weise, ebenso wie seine Schwester stets etwas Licht in seinem Zimmer, dass ihm ein wenig seiner inzwischen geleugneten Angst nahm. Obwohl er nun schon bald zehn war, zwangen ihn seine Träume nach wie vor, die Dunkelheit zu fürchten. Ihm war es unangenehm und er scholt sich stets dafür, da er selbst der Meinung war, dass diese Angst in seinem Alter nicht normal war. Wie er auf diesen Gedanken kam, wusste er selbst nicht. Dennoch verabscheute er dieses Gefühl der Ohnmacht und der ständigen Angst vor der Dunkelheit.

Neben seinem Zimmer, nicht unweit den Flur entlang befand sich gleich neben den Treppen, die ins Unter- und Obergeschoss führten, die Toilette. Ein kleiner Raum, mit nicht mehr als einer Toilettenschüssel und einem kleinen Waschbecken, für die Notdurft bei Nacht. Es war von oben bis unten mit hellblauen Fliesen bedeckt und hie und da mit kleinen Wassertieren verzierte Bordürenreihen säumten Wand und Decke. Er hatte seiner Mutter zugesehen, als sie die Wassertierchen vor einigen Jahren aufklebte. Mathew liebte dieses Muster und auch nach Jahren langweilte es ihn nicht. Auch seine Brüder im zweiten Stock hatten ein kleines Badezimmer. Im Gegensatz zum ersten Stock jedoch gab es dort auch noch Badewanne und Dusche. Es war ein ziemlich großes Anwesen und jedes Stockwerk hätte für sich gesehen schon eine komfortable Wohnung sein können. Doch im zweiten Stock, bei seinen Brüdern würde ihn der Besuch weit mehr Überwindung kosten. Allein die schmale Treppe, die nach oben in die Dunkelheit führte machte ihm bereits Angst. Zudem war der oberste Stock von seinem Vater nachträglich renoviert worden, als die Familie mehr Platz brauchte, wegen zwei weiterer nicht erwarteter Kinder. Hier bestand so gut wie alles aus Holz. Jede Ecke und jedes Konstrukt knarzte durch die Arbeit des Holzes im gesamten Bereich. Mathew konnte diese Geräusche jedoch noch nicht diesem Vorgang zuordnen. Für ihn war jedes Geräusch in der Nacht nicht sichtbare Bewegung in der Dunkelheit.

Warum er sich stets dazu entschloss, bei allen Familienmitgliedern vorbei zu schauen, konnte er nicht sagen. Doch er sah es als seine Pflicht an, wenn er schon wach war, dem Rest seiner Familie ebenso seine Aufmerksamkeit zu schenken. Manchmal fragte er sich, ob es nicht insgeheim ein finsterer Gedanke war, sich zu vergewissern, ob noch alle da waren. Diese Wahrheit auszusprechen hätte nur zu mehr Sorge bei seinen Verwandten geführt. Deswegen konnte er es sich auch selbst nicht eingestehen. Jedenfalls sprach er es niemals laut aus, ungeachtet aller versteckten Gefühle.

Dort oben leuchtete kein Licht in den Fluren und die Fenster waren zu klein, als das sie genug Licht hereinließen. Aber seine Angst war heute nicht so stark, dass sie seine Wissensbegierde übertraf, die ihn in die Zimmer des zweiten Stockwerks zu seinen Brüdern lockte. Er hatte schon oft genug geträumt, dass ihnen etwas zugestoßen sei. Er war irgendwie niemals sicher, dass die Schatten nicht auch außerhalb seiner Träume umherschlichen und seiner Familie etwas antun würden. Oft genug hatte er geträumt, dass jene finsteren Gestalten aus eben jener Dunkelheit im zweiten Stock hervortraten. Es waren die mannshohen Gestalten, die er bereits spürte, wenn sie sich dort oben manifestierten. Es waren meist drei oder vier, die er die Treppe hinab steigen hörte, nur um ihn in eiskalter Berührung das Leben auszuhauchen. Die dunkle Nische der angelehnten Schlafzimmertür seiner Eltern war meist das Zuhause einer katzenartigen Gestalt, die ihn zur Treppe verfolgte um ihn, zu einem großen Wolf heranwachsend, schließlich eben auf jenen Stufen zu zerfleischte. Mathew zitterte, als er den Flur hinab ging, hinter sich eben jene Nische wissend. Er drehte sich bei jedem Schritt um, nur um sicher zu gehen, dass diese Gestalt nicht gerade jetzt aus dem Schlafzimmer seiner Eltern hervortrat. Wenn sie das tat, dann erlosch das Licht und Mathew hatte keine Chance, dieses wieder zu finden, bis es zu Ende ging. Kalter Schweiß war ihm auf die Stirn getreten und er versuchte sich von dem Gedanken loszusagen. Er versuchte sich auf die Realität zu konzentrieren und dachte an seine Brüder. Nur kurz, dachte er sich. Nur ein schneller Blick, um sicher zu gehen. Im Gegensatz zu seiner Schwester brauchte Mathew seinen Brüdern nicht die Hand halten, oder ihnen beruhigende Worte zuzusprechen. Wenn er es geschafft hatte, leise zu ihnen vorzudringen, dann war er stets erstaunt, wie ruhig und entspannt sie schliefen. Er konnte nicht allzu viel erkennen, wenn er ihre Gesichter in der Dunkelheit betrachtete, doch sie waren beruhigend entspannt. Und er wollte stets so sein wie sie. Seine Brüder waren seine großen Vorbilder.

Natürlich hätte er das nie zugegeben. Heute Nacht jedoch war etwas anders, als er sich auf allen Vieren die Treppe hinauf bewegte. Es war eine uralte Treppe, die aus Marmor gefertigt worden war und die ihr Vater mittig, etwa einen halben Meter breit, mit einem weichen Teppich überzogen hatte. Mathew liebte das Gefühl des Teppichbodens unter seinen nackten Füßen und an den Händen. Die Geländer der Treppen, die von hier aus in alle

Stockwerke führten, waren von schwarzem geschmiedetem Eisen und von metallenen Ranken und Weintrauben geziert. Mathew faszinierte die Form dieser. Eine seltsame Angewohnheit zwang ihn jedes Mal die Formen mit seiner Hand abzutasten. Es war etwas Solides und Reales, das ihm ein gewisses Maß an Sicherheit bezüglich der echten Welt schenkte. Die Schatten sind nicht real, sagte er sich dann immer wieder leise.

Der Dachboden, den die beiden älteren Jungs jetzt bewohnten, war erst vor kurzem endgültig ausgebaut worden und zuvor hatten sie alle im ersten Stock geschlafen. Mathew hatte dieser Umbau gefreut, denn so hatte er endlich mehrere Zimmer und einen begehbaren Schrank. Aber die Freude war nur am Tag da, wenn das Licht vorherrschte. Mathew schlich noch ein paar Stufen weiter hinauf, als er erkannte, was heute anders war. Der laute Sturm hatte seine Brüder offensichtlich ebenfalls geweckt. Hier oben waren das Peitschen des Windes und das Grollen des Sturmes noch ein wenig lauter. Die Wände und die Decke knarzten verräterisch und bedrohlich. Mathew zitterte sichtbar.

Mathew hatte einen Lichtkegel am hinteren Ende des Flures entdeckt, der aus halb geöffneter Tür drang. Kyle war der mittlere, dunkelhaarige der drei Brüder und sein Zimmer war etwas kleiner, als das des Älteren. Sie saßen sich auf dem Boden gegenüber und hatten die Hände in die des jeweils anderen gelegt, wobei sie die Augen geschlossen hielten. Zwischen ihnen war die Lichtquelle zu erkennen, die Mathew zuerst stutzen ließ. Sie legte ein dubioses Licht auf die hölzernen Wände, dass die Schatten der vielen Gegenstände in den Regalen und auf dem Boden des Zimmers wild tanzen ließ. Kyle war nicht unbedingt der Ordentlichste. Mathew ergriff erst das Wort, als er direkt hinter dem jüngeren der beiden großen Brüder stand. Kurz bevor er durch das helle Licht eines weiteren Blitzes auf der anderen Seite des kleinen Fensters neben ihm erleuchtet wurde. Ein gelungener Auftritt befand er.

„Was macht ihr hier? Papa hat doch verboten, Feuer anzumachen, ohne das er oder Mama dabei sind. Das ist hier oben einfach zu gefährlich."
Die beiden Brüder rissen erschreckt auseinander und Kyle hätte dabei beinahe mit seinem Fuß die Kerze umgestoßen. Er packte Mathew am Arm und zog ihn unsanft herunter.
„Spinnst du! Du bist wohl lebensmüde. Du solltest doch schlafen. Oder soll ich deinen Vater holen?"
Eine leere Drohung, soviel war Mathew klar. Er ignorierte inzwischen die Tatsache, dass seine älteren Brüder absichtlich Nored nicht als *ihren* Vater bezeichneten. Sie mochten Mathews Vater nie wirklich als ihren Akzeptieren, doch für Mathew waren sie beide niemals etwas Geringeres, als seine Brüder. Das was diese Gefühle zu seinem Vater auslöste ging von Nored selbst aus, dessen war sich selbst Mathew in seinen jungen Jahren bewusst. Er und seine Schwester waren stets anders, besser behandelt worden, als seine Brüder. Deshalb konnte er über diese Dinge hinweg sehen. Er hatte seine eigene Liebe zu seinen Brüdern und war der Ansicht, dass ihnen das reichen müsse. Solange sie glücklich waren, spielte das keine Rolle. Dennoch war das etwas das Mathew an seinem Vater massivst störte. Denn ungeachtet dessen, das er ein guter Versorger ihrer Familie war, hatten Jake und Kyle seiner Ansicht nach Besseres verdient.

Mathew lächelte noch immer ein wenig, da er es geschafft hatte, seine ahnungslosen Brüder zu erschrecken. Im leisen Gang hatte er sie noch immer übertroffen und die Reaktionen zu beobachten hatte Mathew stets amüsiert. Doch jetzt sah er den Funken in den Augen seiner Brüder, die ihn beide wütend ansahen. Nicht nur weil er sie bei etwas verbotenem erwischt hatte, sondern auch weil er sie dabei störte.
„Dann würde ich aber auch von eurem Ritual hier erzählen."
Mathew war im Gegensatz zu seinen Brüdern noch zu jung, um zu wissen, was er damit angerichtet hätte. So ein Ritual im Hause seines Vaters hätte ihn nicht nur gereizt. Sein Vater Nored wäre sicherlich an die Decke gegangen. Die Reaktion seiner Mutter

jedoch konnte sich Mathew nicht ausmalen. Er hielt sie für einen Engel. Zu dieser Zeit hätte nichts die Liebe zu seiner Mutter übersteigen können. Sie war eine Heilige für Mathew. Dennoch wäre allein dieses Risiko sicherlich Grund genug für eine ordentliche Strafe gewesen. Das wussten auch Mathews Brüder. Sie warfen sich einen Blick zu und Jake, der Älteste der Brüder, der kleiner, heller und etwas unbeherrschter als der mittlere der Brüder war, ergriff das Wort.
„Also gut. Aber du musst versprechen, dass du keinem davon erzählst."
Jake wartete das Kopfschütteln seines jüngsten Bruders ab und blickte dann noch ein wenig ernster drein.
„Schwöre es!"
Mathew blickte seine Brüder vertraut verdutzt an und nach kurzem Zögern hielt er eine Hand auf die Brust gedrückt, während er die andere mit der Handfläche nach außen hochhielt.
„Ich schwöre, dass ich niemandem von den Dingen erzählen werde, die ihr hier oben macht."
Er holte tief Luft und ergänzte noch etwas.
„...Die Dinge heute Abend."

Kyle grinste und sah seinen Bruder treu an, während auch Jakes Gesicht einem entspannten Lächeln Platz machte.
„Und was macht ihr jetzt hier für komische Sachen?"
Kyle setzte sich breitschultrig und stolz wieder in die Position, die er zuvor innehatte und Jake tat es ihm gleich, wobei er gespielt feierlich eine Bekanntmachung verkündete.
„Wir schließen einen Pakt."
Mathew erinnerte sich an das Wort, dass einem Schwur gleichkam, nur das man diesem Versprechen eine Frist hinzufügte, oder ein Ultimatum. Man gab ein Versprechen mit Konsequenz beim Scheitern. So legte man eine gewisse Sicherheit in den Schwur und man selbst war im eigenen Interesse an die gesprochenen Worte gebunden. In dem Film, den die drei vor kurzem gesehen hatten, hatte ein Mann einen Pakt mit einem Anderen und versprach, dass er seine Tochter retten würde. Diesen Pakt würde er einhalten,

ansonsten würde er in den Tod gehen. Ihrem Vater hatten sie von diesem Film nichts gesagt, denn er war noch nichts für Kinder. Ebenso hatte Mathew von anderen Pakten gehört, die Männer und Frauen mit dem Teufel für ihre Seele schlossen. Eine unverzeihliche Tat in seinen Augen. Mathew war nicht gläubig, ebenso wie seine Eltern. Doch er war sich sicher, dass sie gewisse moralische Vorstellungen hatten. Aber was die Überzeugungen anging, war er sich über Einzelheiten nicht sicher. Er vermutete, dass seine Mutter an etwas glaubte. Sie gebar sich vollkommen anders, als sein Vater und lehrte ihre Kinder viel über das Gute in der Welt und ihre eigenen Hoffnungen bezüglich einer besseren Welt. Doch was genau es war, an das ihre Mutter glaubte, war für Mathew ein Rätsel. Wie vieles, was seine Eltern anging. Seiner Ansicht nach hatten seine Eltern schon immer viele Geheimnisse vor der Welt und auch ihren Kindern. Er tat es mit dem Gedanken ab, dass dies bei allen Erwachsenen so sei.

„Worum geht es dabei?"
„Wir wollen auf unser Blut versprechen, dass wir unsere Familie beschützen, egal was geschieht. Niemand wird ihr etwas antun."
Mathew war beeindruckt. Er fand diese Idee super. Und wer hätte diesem Pakt eher zugestimmt, als ein Teil dieser Familie?
„Ich will auch mitmachen!"
Es platzte geradezu aus ihm heraus und ehe er sich versah, saß er im Schneidersitz in dem Kreis vor der Kerze und Jake sprach ihn feierlich an.
„Du kannst noch aussteigen, wenn du das willst. Es ist ein Schwur auf dein Blut und dieser ist nicht umkehrbar. Du musst dafür auch dein Blut geben."
Kyle holte ein altes Jagdmesser hervor, das er zum Angeln von seinem Stiefvater geschenkt bekommen hatte und Mathew sah entsetzt zu ihm und dem Messer. Plötzlich hatte er einen Kloß im Hals und Magenschmerzen.
„Was? Du spinnst wohl!?"

Jake drehte den Kopf seines kleinen Bruders zu sich und zeigte ihm seine rechte Hand, in der ein kleiner Schnitt die Handfläche durchzog, aus dem noch immer Blut hervorkam.
Mathew war nicht sonderlich mutig, aber er war sehr stolz. Und niemals hätte er sich vor seinen Brüdern die Blöße gegeben, besonders nachdem ihm auch Kyle seine Wunde zeigte. Er reichte Kyle seine rechte Hand und biss die Zähne zusammen, als dieser schneller als gedacht mit der Klinge über seine Hand glitt. Ein unangenehmes Gefühl und ein stechender Schmerz, dann wurde das Gefühl von dem Bewusstsein abgelöst, dass warmes Blut die Handfläche bedeckte. Mathew sah zu seinen Brüdern mit anschwellender Brust und sie reichten ihm jeder eine Hand. So saßen sie nun im Kreis um die Kerze auf dem holzgefliesten Boden. Und als Mathew gerade fragen wollte, was nun geschehen würde, deutete Kyle mit seinem Kopf auf einen Zettel, der vor ihm lag. Mathew erkannte Kyles Handschrift und die Schrift war groß genug, dass er sie auch lesen konnte, obwohl es nur dieses Zwielicht gab. Jake hatte sich auch einen geschrieben und er sah die Beiden an, bevor er ihnen ein stilles Kommando gab. Dann lasen sie in Zimmerlautstärke vor, was dort stand und Mathew erkannte die Ähnlichkeit der Worte aus dem Film, nur etwas abgeändert, um ihrem Pakt zu entsprechen.

Dies ist unser Versprechen, dass wir auf unser Blut ablegen. Niemand möge ungestraft unserer Familie Schaden zufügen, komme was da wolle. Es soll ihnen kein Leid zustoßen, solange unser Blut noch durch unsere Adern fließt und unser Herz schlägt. Bis zum letzten Atemzug wollen wir sie beschützen und keine Macht im Himmel und auf Erden soll uns davon abhalten. Möge uns der Atem stocken und das Herz stehen bleiben, wenn wir es wagen, dieses Versprechen wissentlich zu brechen.

Mathew hatte beim letzten Satz gezögert, da er diese Form der Bestrafung etwas abartig fand, doch sie lasen es noch drei Mal vor und mit jedem Mal wurden sie selbstbewusster. Beim zweiten Mal ballten sie nacheinander und voneinander abschauend die geschnittene Hand über den Zetteln zur Faust und tropften ihr Blut darauf. Nach dem dritten Aufsagen des Verses, hielten sie das Stück Papier in die Flamme und verbrannten jedes davon. Die Flammen an den Zetteln nahmen unterschiedliche Farben an und Mathew lächelte ungewollt.

Was dies nach sich zog hätte zu dem Zeitpunkt keiner der drei Jungen geahnt. Als sie fertig waren und zufrieden die Hände lösten, stieß das kleine Fenster des Zimmers auf und ein eisiger Windstoß blies die Kerze aus. Mit einem Mal war es stockfinster und obwohl Mathews Brüder bei ihm waren, spürte er keineswegs Furchtlosigkeit. Im Gegenteil dazu spürte er die größte Angst, die er je erleben musste. Jene tiefe Angst, die aus den Abgründen seiner Seele hervor kam. Die Angst, die ihm Schmerzen bereitete und in jedes Glied seines Körpers vordrang. Eine die er nur erahnen konnte, wenn er die Träume hatte, die am realistischsten waren. Sie war betäubend und schmerzhaft zugleich. Sie stieß wie Stromschläge durch seine Glieder. Ein unangenehmes Prickeln breitete sich in seinen Eingeweiden aus und kroch unter seiner Haut umher, wobei es ihm jede einzelne seiner Körperfasern auf hässliche Weise bewusst machte.

Es war, als würde etwas um sie herumschleichen und Mathew hätte schwören können, dass er dessen Absicht kannte. Es war eine schreckliche Erkenntnis, die ihm etwas sagte. Mathew war zu jung zu erkennen, was es war, aber nicht zu jung zu wissen, dass es nichts Gutes war. Da war eine seltsame Verbindung zu der unsichtbaren Macht, die sich hier manifestierte. Er versuchte sich davon zu lösen. Er versuchte sich einzureden, dass das alles nicht real sei. Es musste wieder ein Traum sein. Andererseits hatte er keine Sicherheit. Wenn er jetzt zu sich selbst sagen würde, dass er aufwachen müsse und es stellte sich dann heraus, dass all das doch real war. Er konnte nicht zulassen, dass seine Brüder die Erkenntnis seines Zustandes erlangen würden. Denn er musste es laut sagen und nicht nur einmal. Noch eine Erkenntnis gab es in diesem Moment. Etwas Vertrautes jedoch keineswegs Angenehmes ging mit dem unangenehmen Gefühl einher, dass er gerade hatte. Mathew kannte den Schatten bereits. Die Gegenwart von etwas ebenso Bekannten wie Beängstigendem wurde ihm bewusst. Diese Furcht kannte er jedoch bisher nur aus seinen Träumen. Und er erkannte eine Absicht hinter dieser unheimlichen Begegnung. Als hätte es eine starke, übles verheißende Verbindung zwischen ihm und dieser Wesenheit gegeben. Jenes Wesen, da war er sich sicher, wollte wissen, ob sie es ernst meinten. Etwas in diesem Raum zweifelte an ihrem Vorsatz und schlich nun aus dem Zimmer, die Treppe hinunter. Es war nicht zu hören, doch Mathew konnte es mit geschlossenen Augen sehen. Es war seinen Träumen so unglaublich ähnlich. Es war der wohl schlimmste Moment in seinem Leben. Denn er wusste, dass heute Nacht jemand sterben musste.

Da war eine undurchdringliche Stille, ebenso wie ein lautes Rumoren, welches in seinen Ohren den Ursprung zu haben schien. Mathew nahm alles viel intensiver wahr. Jedes Geräusch im gesamten Haus und außerhalb schien auf ihn einzuwirken. Wie gelähmt mussten sie alle mit ihrem geistigen Auge zusehen, wie dieses Wesen den beleuchteten Gang im ersten Stock entlang ging und alles Licht in sich einsog. Auch das war etwas, dass Mathew besonders in seinen Träumen immer wieder erlebte. Kein Licht konnte hell genug strahlen, um die Hoffnungslosigkeit aufzuheben. Wenn dies geschah, konnte er sich nur auf das Ende vorbereiten. Sie alle rangen um Luft, denn die Angst schnürte ihnen die Kehle zu. Ein Hinweis darauf, dass all dies echt war. Die Kälte die Mathew spürte. Den Schmerz aus der Wunde in seiner Hand, weil sich der kalte Schweiß in der Wunde sammelte. Und das Zittern seiner beiden älteren Brüder. Ihre Klamotten raschelten wie seine. Sie alle bebten vor Furcht.

Es steuerte direkt auf Miriams Zimmer zu. Machtlos und an den Willen dieser dunklen Gestalt gebunden, erhoben alle drei in einer schaudernden Symbiose mit dem Unwesen ihre Hand und schoben die Tür zum Zimmer ihrer Schwester auf. Mathew konnte den

Widerstand spüren. Er keuchte vor Anstrengung, dem Willen des Wesens die Stirn zu bieten. Er presste seine Augenlider zusammen und betete, dass er aus diesem Traum aufwachen möge. Doch dies war die Realität, so schwer dies zu glauben war. Sie sahen alle drei ihre Schwester vor sich, als würden sie im selben Raum stehen. Mathew war panisch und er hörte die verzweifelten und zittrigen Atemzüge seiner Brüder. Sie wussten alle zusammen, dass das was nun folgen sollte, nichts Gutes sein konnte. Mathew spürte nur noch Kälte und die Tränen, die seine Wangen hinunterliefen. Er hatte gelernt, sich zu vergewissern, ob es ein Traum war, oder nicht. Und jetzt hatte er sich gewünscht, es wäre einer. Aber hier waren die echte Kälte und die Wahrnehmung, dass seine Brüder ebenso zitterten und zuckten, wie auch er. Zudem waren die kalten Tropfen, die ihnen mit der Gischt des Windes und kalten Regens in Nacken und Gesicht schlugen eindeutig real. Das war so unglaublich grausam.

Doch plötzlich hörten sie ein lautes Keifen und Fauchen. Die Katze, die stets im Bett ihrer Schwester schlief, hatte die Präsenz offenbar wahrgenommen. Ein Hoffnungsschimmer. Denn wenn ihre Eltern das hörten, konnten sie möglicherweise etwas unternehmen. Ein dumpfer Gedanke, dass selbst das nichts bewirken würde schoss Mathew durch den Kopf. *Was könnten sie schon tun?* ...schollt er sich. Die drei Brüder waren noch immer an den Standort gebunden, an dem sie nervös saßen und verängstigt schnauften. Der Wille jedoch, der sie an die Bewegungen des Wesens gebunden hatte, wurde offenbar durch die Überraschung wegen der Katze unterbrochen. Und bevor die Katze ausreichend Zeit hatte, irgendjemanden, geschweige denn ihre Schwester, zu wecken, stieß das Wesen seine schattenartige Hand in das Tier, dass auf der Stelle erstarrte und mit geweiteten Augen auf die Bettdecke zusammenbrach. Mathew keuchte ein atemloses:
„Nein!"
Völlig verzweifelt und dessen gewiss, dass es keine andere Chance gab, tat Mathew etwas, dass ihn trotz seiner Atemlosigkeit und der einschläfernden Angst als das einzig Richtige erschien. Nachdem

die eine Hand, die zuvor die Tür öffnete wieder zur Verfügung stand, griff er zu beiden Seiten wieder nach den Händen seiner Brüder und fing beinahe lautlos an zu reden. Er sprach die Worte, die er zuvor abgelesen hatte. Er sprach schneller und voller Angst, doch mit todestrotzigem Ehrgeiz. Er wusste nicht warum, aber es fühlte sich an, als wich die Kälte. Das eigene Blut und das seiner Brüder, das sich nun wieder vereinte, wärmte sie wieder. Der Wind nahm ab, ebenso die kalte Nässe. Und als die Hoffnungslosigkeit abnahm, spürte Mathew wieder den Schatten. Er hielt die Augen geschlossen, denn er wollte nur seine Brüder um sich haben und nichts sonst. Doch er wusste, dass dieser wieder die Treppe hinauf kam. Er konnte ihn mit geschlossenen Augen sehen.
„Seht ihn nicht an!"
Er wusste nicht, wie er diese Worte überhaupt heraus bekam, aber er wusste, dass seine Brüder ihn nicht sehen durften.
„Bleibt hier bei mir!"
Er sah, wie der Schatten mehr oder weniger wieder dorthin gezogen wurde, wo er herkam und obwohl Mathew erleichtert war, dass er sich entfernte, hatte er das Gefühl, dass es nicht für immer war. Etwas sagte ihm, dass er nie wirklich weg sein würde. Dann spürte er einen Windhauch an seinem Ohr und dieser flüsterte ihm etwas zu.

„Ich bin immer in deiner Nähe und du kannst die Frauen in deiner Familie nicht ewig schützen. Du hast mich heute überrascht Junge. Denn dein Wille ist stark, wie der deiner Brüder. Aber ich komme wieder. Lebe wohl und auf Bald Mathew..."

2. Ein verhängnisvoller Tag

>>*Es donnerte unnatürlich und Lord Marakant wusste entgegen seiner Untertanen genau, was dies bedeutete. Er hatte ein Gespür dafür entwickelt. Es war dieses seltsame Knistern in der Luft, sowie die unerklärliche und widernatürliche Bewegung im Wind. Eine weitere Hexe war in seinem Dorf erschienen. Schon so viele Jahre verfolgte er jede einzelne von ihnen und doch schien es ein aussichtsloser Kampf zu sein. Denn diese Dämonen schienen einfach nicht auszurotten zu sein. Die Letzte, die er dem Feuer übergeben hatte, versuchte ihn tatsächlich zu überzeugen, sie sei eine Hexe des Lichts. Als ob so etwas möglich sei, murmelte er vor sich hin, als er den Scheiterhaufen vor hunderten Zeugen ansteckte und sich als Held feiern ließ.*

Marakant stieg die Stufen seines Herrenhauses hinunter und schwang seinen langen Mantel über die Schulter. Mit wütender und als heilig empfundener Entschlossenheit strich er beim hinunter gehen über das Zinngeländer aus Weinranken, wie er es stets tat, wenn er ins Erdgeschoss ging. Auf seiner Brust schimmerte ein großes silbernes Kreuz, befestigt an einem einfachen Bindfaden. Er redete sich selbst immer wieder ein, dass er dies alles im Namen der heiligen Kirche tat. Doch das war eine Illusion. Dies sollte ihm an diesem Tage bewusst werden.

Er zupfte sein Hemd zurecht und wunderte sich noch, wo all seine Hausdiener abgeblieben waren. Der Eile wegen ignorierte er jedoch den Drang nach ihnen Ausschau zu halten. Er schlüpfte in seinen Mantel, packte den gesegneten Degen und schritt zur Haustür.

Doch diese schwang von ganz allein auf und gab einen schweren Sturm preis, der vor dem Haus tobte. Die Laternen, die das Foyer beleuchteten, wurden mit einem Zug ausgeblasen und Marakat stand mit erhobenem Degen vor geöffneter Tür. Seine Gestalt wurde immer wieder erhellt durch die hohe Anzahl Blitze, die scheinbar nur unmittelbar vor dem Haus einschlugen. Er wusste, dass er diese Hexe nicht lange suchen musste. Sie war bereits hier. Langsam, doch in Sicherheit und unerschütterlichem Glauben schritt er auf die Tür zu und trat auf dessen Schwelle. Seine Haut brannte vom peitschenden Wind gepaart mit eiskalten Regentropfen. Noch konnte er in der Dunkelheit nichts sehen. Doch der nächste Blitzschlag würde seinen Feind zu erkennen geben. Er konnte sie tatsächlich bereits spüren. Es musste eine besonders mächtige Hexe sein.

Doch der nächste Blitz offenbarte etwas ganz anderes. Marakant erstarrte, als die große Wiese vor dem Haus in Licht getaucht wurde, dass nun nicht mehr erlosch. Hier hatte sich die gesamte Gemeinde versammelt. Und unmittelbar vor seinen Lehensdienern standen seine vier Töchter, die ihn urteilend ansahen. Nur bekleidet in feines Seidentuch standen sie dort, barfuß und dennoch nicht frierend, aber von einer seltsamen Aura umgeben.

„Nein! Nicht ihr auch!"
Marakant hatte es mit einem ebenso hohen Maß an Verachtung, wie Bedauern geschrien. Doch er würde seine Pflicht erfüllen, dessen waren sich seine Töchter bewusst. Maria war mit dreizehn Jahren die Jüngste und ihre Schwestern waren je um ein Jahr älter, als die jeweils andere. Doch Maria, die Jüngste ergriff das Wort voller Abschätzigkeit.
„Wie konntest du Mutter töten?"
Ihre Worte waren von Tränen getränkt und in Verachtung getaucht.
„Ich musste es tu..."
Ein weiterer lauter Donner zerriss die Schallfassade. Alle seine Töchter waren ebenfalls Hexen. Der Lord erkannte, dass er mit seinem Hexenweib eine ganze Brut dieser unheiligen Spezies gezeugt hatte. Und ohne sein Wissen blieben diese Gedanken seinen Töchtern nicht verborgen.

„Hast du ihre Liebe nicht gespürt, als du sie getötet hast? Selbst als sie unter Qualen stand, hatte sie noch Vergebung in ihrem Herzen für den Mann, der sie tötete."
Lord Marakant spuckte über Marias Worte.
„Vergebung? Die Vergebung hätte sie von meiner Seite bedürft. Sie hat mich hintergangen!"
Die Mädchen sahen sich kurz an und schließlich wieder ihren Vater, den sie mit einer Stimme ansprachen.
„Du bist so verbohrt. Kämpfst für einen Glauben, der dich fehlgeleitet hat und tötest unschuldige Seelen. Dein Volk hat die Wahrheit erkannt und ist bereit uns zu helfen. Doch nicht so du... Du kennst nur deine eigene Wahrheit. Sie wird dich eines Tages um dein Leben bringen."
Der alte Lord schrie plötzlich voller Hass und stieß seinen Degen in die Luft.
„Von Wahrheit sprecht ihr Dämonen? Im Tod werdet ihr mit der Wahrheit konfrontiert werden und euch grämen, keine Reue gezeigt zu haben. Ich werde euch richten und keiner kann einen Mann des Glaubens aufhalten!"
Simultan erhoben die vier Schwestern ihre Hände und bewegten dabei kaum merklich ihre Lippen. Und gerade als der alte Lord in seiner Raserei angehen wollte, seine eigenen Töchter zu töten, barst der Himmel auf und ein gewaltiger Blitz schoss auf den Vater der vier herab. Der alte Lord starb jedoch nicht sofort. Ehe er diese Welt verließ murmelte er etwas:
„Hexen des Lichtes wollt ihr sein? Ihr tötet euren Vater und sollt daher verflucht sein! Niemals werde ich Ruhe geben, bevor nicht alle eure Hexennachkommen ausgelöscht sind..." Dann hauchte er seinen Odem aus.

Seither wartet er auf den Tag, an dem er genug Kraft gesammelt haben würde, um jeden weiblichen Nachkommen seiner vier Hexentöchter auszulöschen.

Eleonore hatte jede Zeile dieses Buches gelesen. Es handelte sich um eine historische Dokumentation, so stand es zumindest im

Einband. Bis vor kurzem noch hätte sie es für eine frei erfundene Geschichte gehalten. Doch sie hatte die Geschichte der Vorfahren ihres Mannes studiert und die Bücher aus dem Haus der Familie verschlungen. Ihr wurde langsam bewusst, dass ihr Mann aus einer sehr geheimnisvollen Familie abstammte.

Sie griff nach ihrer Brille, die sie stets zum Lesen anhatte. Zusammen mit dem Buch legte sie diese auf die Kommode neben ihrem Lesesessel. Erst jetzt fiel ihr auf, dass der Sturm vor dem Fenster schlimmer geworden war. Sie ging zu jenem Fenster und sah einen Geländewagen die Einfahrt herauf fahren.

3. Miriam

Vor wenigen Monaten:

Es war dunkel und Miriam war keine Person, die unnötig risikofreudig unterwegs war. Eine ihrer besseren Eigenschaften. Dennoch war sie abgelenkt. Denn ihr Auto vibrierte geradezu unter der Beschallung der sie sich freiwillig aussetzte. Zumeist war es Rock aus den 90ern oder von aktuellen Bands. Und heute Abend musste die Musik nicht nur das Motorgeräusch ihres alten BMW übertönen, sondern auch das Prasseln des starken Regens. Doch wenn dieser nicht unübersehbar auf die Windschutzscheibe geprasselt hätte, wäre Miriam vermutlich gar nicht aufgefallen, dass es überhaupt regnete. Die Beschallung hätte einen Presslufthammer übertönt.

Miriam war gerade auf dem Nachhauseweg und sang lauthals mit, wobei sie mit den Händen auf dem Lenkrad im Rhythmus mit klopfte und wild im Fahrersitz umher schaukelte. Sie war überraschend gut gelaunt und lachte immer wieder, wenn sie einen Ton nicht traf, oder den Text nicht kannte. Wenn Stellen kamen und sie mehr mit lallte, oder stotterte, bis eine Passage kam, an der sie wieder lauthals mit grölen konnte. So ging das Ganze über einige Minuten hinweg und Miriam fuhr nichts ahnend die Straße entlang, mit einer Geschwindigkeit, die einen kurzen Moment das überschritt, was im spärlichen Lichtkegel der Scheinwerfer gut war. Und schreiend trat sie schließlich auf die Bremsen. Sie hatte nur ein knäuelartiges Etwas auf der Straße gesehen und musste ziemlich abrupt bremsen und ausweichen. Sie wusste nicht, was es war, doch jeder Vernunft zum Trotz stieg sie aus, dankbar, dass nicht viel Verkehr auf den Straßen war, zu dieser Zeit. Sie nahm sich nicht einmal die Zeit, einen Schirm im Chaos ihres Autos zu suchen. Zitternd und mit rasendem Herzen ging sie auf das Stoffbündel zu und der Donner, wie die laute Musik aus dem Fahrzeug konnte nicht übertönen, was sie dann hörte. Mit weit aufgerissenen Augen und in panischer Hast eilte sie auf das Bündel zu, um schließlich nur eine alte und verdreckte Decke in der Hand zu halten.

Zu oft hatte sie das Lied gehört, um es mit diesem in Verbindung zu bringen. Und auch der Wind konnte nicht solche Geräusche erzeugen, da war sich Miriam sicher. Irgendetwas stimmte nicht mit ihr oder ihre Wahrnehmung spielte mit ihr. Doch sie war sich sicher, das Schreien eines Säuglings gehört zu haben. Sie blickte sich in der Dunkelheit um und weit und breit war nichts zu sehen, als das sporadische Aufleuchten fernab, wenn ein Auto fernab die anderen Landstraßen passierte. Sonst war hier weit und breit nichts als Wiese und Feld. Miriam atmete tief ein und aus. Sie musste sich an die Brust fassen und ging ermattet zum Auto zurück. Sie hätte Erleichterung verspüren müssen, dass es nicht wirklich ein Kind gewesen war. Doch da war etwas viel tiefer in ihr, dass dieser Situation trotzdem nichts Gutes abgewinnen konnte.

Sie schloss die Fahrertür und drehte die Musik herunter, bis es nur noch ein Hintergrundgeräusch war. Es vergingen einige Minuten, bis sie sich etwas beruhigt hatte und ihre Atmung wieder langsamer wurde. Das Prasseln des Regens auf dem Auto half dabei, denn es beruhigte sie. Sie schaltete die Warnblinkanlage aus, die sie nicht vergessen hatte und wollte gerade den Motor starten, als ein Knall so laut ertönte, dass die Autoscheiben vibrierten, gefolgt von gleißendem Licht. Das Licht hatte sie im Rückspiegel nur aus dem Augenwinkel gesehen, dennoch musste Miriam mehrfach blinzeln, um den dunklen Fleck am Auge weg zu bekommen. Als das geschehen war, blickte sie in eben diesen Rückspiegel und sah rötliches Licht. Doch nicht jenes, das von ihren Rücklichtern ausging. Jedenfalls nicht allein. Die Decke, die Miriam zuvor in der Hand gehabt hatte, hatte sie unüberlegt wieder fallen gelassen. Und diese Decke stand nun in Flammen.

Das Herz schlug ihr bis zum Hals und sie hatte die Hand auf dem Mund. Zitternd und völlig außer sich griff sie zum Schlüssel und startete das Auto. Ohne die Musik wieder aufzudrehen schoss sie mit durchdrehenden Reifen von dieser Stelle davon. Ihr letzter Gedanke an diesem Abend, ehe sie in den Schlaf fiel, drehte sich darum, dass dies ein völlig verrückter Tag gewesen war. Gerade noch gut gelaunt über die frohe Nachricht, dass ihr Bruder und seine Frau das nächste Kind erwarteten, da ist es der Anschein eines kleinen Kindes auf der Straße, der sie an diesem Tag noch in ihre Träume begleiten sollte. Sie wagte nicht, jemandem davon zu erzählen.

4. Eleonore

Ebenfalls vor einigen Monaten:

„Guten Tag Frau Kondere. Es freut mich sehr, Ihnen endlich persönlich gegenüber zu stehen."
Eleonore gab dem alten Mann die Hand, die dieser zuvor gewechselt hatte, um sich mit der Anderen auf dem Stock abzustützen.
„Mein Name ist Marius."
„Freut mich auch. Wenn wir schon beim Vornamen sind, ...Eleonore."
Sie grinsten sich an, wie es Fremde gelegentlich tun, die sich ungewollt intim fühlen, bei ihrer ersten Begegnung. Der kleine Moment in dem peinliches Schweigen die Überleitung zum folgenden Gespräch werden sollte, durfte auch hier nicht fehlen. Verstohlen blickte Eleonore den Fremden an und blickte auf den Pferdeschwanz den dieser trug. Eine Mode, die sie nie verstanden hatte, auch zu jener Zeit da jeder es trug. Marius setzte sich an seinen Schreibtisch und Eleonore hatte sich ihm gegenüber hin gesetzt. Durch ihren korpulenten Körperbau überschlug sie niemals die Beine, stellte jedoch stets die große Handtasche auf ihrem Schoß ab, ungeachtet dessen, ob es eine Garderobe gab, oder der Stuhl neben ihr unbesetzt blieb.
„Sie hatten durch ihre Mutter von mir erfahren, nehme ich an?!"
„So ist es."
Ihr Blick verriet den stillen Wunsch möglichst seriös und ernst zu wirken. Ihre Körpersprache drückte das Unbehagen diesbezüglich aus. Eleonore ging nicht oft außer Haus.
„Ich bitte um Verzeihung. Ich hatte gänzlich vergessen, sie zu fragen, ob ich Ihnen eine Erfrischung anbieten darf."
Eleonore war zusammengezuckt wie ein Reh, auf das geschossen wurde. Die hektische Bewegung, die der alte Mann plötzlich machte und die willkürliche Erhöhung der Lautstärke in seiner Stimme hatte sie nicht erwartet.

„Nein Danke. Mir geht es gut und ich hatte nicht vor, lange hier zu bleiben."
Sie raffte den Rock unter ihrer Tasche und setzte sich aufrecht in ihren Stuhl, wobei sie wieder unnötig fest an den Riemen ihrer Tasche zerrte.
„Ich muss gestehen, dass ich nicht genau weiß, warum ich eigentlich her gekommen bin."
Marius hatte sich mit seinen Unterarmen auf die Tischplatte gestützt und wechselte nun seine Position, indem er sich aufrichtete und seine Arme verschränkte. Er war sich seiner Sache sicher, soviel wusste nun sogar Eleonore.
„Sie haben Grund zur Annahme, dass Ihre Mutter keineswegs verrückt ist."
Dann lehnte er sich mit heraufgezogenen Augenbrauen wieder vor und blickte Eleonore mit einem zwielichtigen Grinsen an.
„Und wenn sie es doch ist, dann haben Sie wohl etwas von ihrer geistigen Invalidität geerbt, was Sie nun klären wollen..."
Es war keineswegs wie eine Frage formuliert, doch von Eleonore eindeutig als solche verstanden worden. Insbesondere, da Marius sie voller Erwartung ansah. Eleonore fühlte sich noch unwohler, als zuvor und sah sich nicht imstande zu antworten.
„Was haben Sie gesehen, Eleonore?"

Eleonore schluckte und rang mit sich selbst. Sie war sich dessen bewusst, dass sie sich hier und heute um Kopf und Kragen reden konnte. Möglicherweise würde dieser fremde Mann sie noch während des Gespräches einliefern lassen. Sie fühlte sich sichtlich unwohl. Kleine glänzende Schweißperlen bildeten sich auf ihrer Stirn und ihre Hände waren dennoch kalt, obwohl auch diese feucht waren. Diese Situation fing an, mächtig an ihrem Wohlbefinden zu kratzen. Doch sie musste mit jemandem darüber sprechen, sonst würde sie wortwörtlich wahnsinnig.
„Es war ein Tag, wie jeder andere. Zu Beginn…!"
Eleonore wirkte abwesend, als sie weiter sprach. Als wäre sie hypnotisiert worden, sprach sie weiter, als befinde sie sich nun wieder in eben dieser Situation.

„Unser Haus ist so leer, seit meine älteren Söhne ausgezogen sind. Viele Zimmer nutzen wir nur noch als Speicher und Abstellkammern. Und aus dem ehemaligen Zimmer meines ältesten Sohnes machte ich ein Nähzimmer."
Eleonore atmete einmal tief ein und wieder aus.
„An jenem Tag war ich nicht in diesem Zimmer gewesen, trotzdem brannte das Licht."
Die Riemen ihrer Tasche sahen aus, als würden sie gleich reißen, unter der ständigen Belastung im Kampf mit Eleonores Händen. Marius beobachtete dies besorgt.
„Ich hätte gar nicht nachsehen sollen."
Sie sah Marius direkt in die Augen, als sie das sagte. Er erkannte, dass sie das Geschehene wirklich mitnahm. Nicht nur seelisch, sondern auch ihre gesamte Haltung war angespannt, beinahe kränklich.
„Und dennoch bin ich hinein gegangen. Statt das Licht von außen einfach aus zu machen, öffnete ich die Tür. Und was ich dann sah, ergab keinen Sinn."
Sie wandte sich nun relativ nüchtern an Marius und erklärte sich.
„Wissen Sie, das Zimmer meines Sohnes Jake war sehr groß. Ich habe also viel Platz für die Wäsche, das Bügelbrett und die Nähsachen. Das Problem war aber, dass sich nichts in dem Zimmer befand, was dort eigentlich drin war. Und es war kleiner, als sonst. Denn es war nicht mehr ein Zimmer dieses Hauses."
Marius´ Augenbrauen verengten sich. Er wusste nicht so ganz, worauf Eleonore hinaus wollte. Und als hätte sie gewusst, dass er nicht ganz verstand, erklärte sie sich sogleich.
„Es war das Kinderzimmer meines Sohnes. Ich erkannte es sofort. Es gehörte zu dem Haus, das wir bewohnten, ehe ich meinen jetzigen Mann Nored kennen lernte."
Diese Aussage hörte sich so verrückt in ihren eigenen Ohren an, dass sich das Unwohlsein der vierfachen Mutter noch massiv steigerte.
„Bitte fahren sie fort, Eleonore."

Man sah ihr die innere Zerrissenheit an, doch Marius wusste, dass nicht dieses Vorkommnis sie so sehr in Mitleidenschaft gezogen hatte.

„Ich war wie versteinert. Selbst die Aussicht aus dem Fenster war die Gleiche, wie vor vielen Jahren. Und die Zeit war auch eine Andere. Denn die Sonne ging hinter diesem Fenster unter, obwohl sie in unserem Haus an ganz anderer Stelle beim Untergehen zu beobachten ist."

Kleinlaut ergänzte sie noch, dass ihr das allerdings erst später aufgefallen sei. Erneut forderte Marius sie freundlich auf, fortzufahren.

„Dann hörte ich einen Säugling."

Eleonore liefen ohne ein Schluchzen Tränen aus den Augen über die Wange.

„Ich ging zu der Wiege, die am Fenster stand, um nach meinem Sohn zu sehen... ich dachte nicht daran, dass er bereits erwachsen ist."

Ohne zu unterbrechen nahm sie während des Sprechens ein Taschentuch aus ihrer Tasche heraus und wischte sich die Tränen von den Wangen, die nur von Neuen abgelöst wurden.

„Ich bewegte mich recht eilig, kam jedoch nicht voran. Und die Sonne verschwand unnatürlich schnell hinter Wolken. Regen und Blitze waren am Fenster zu sehen. Doch kein Geräusch war zu hören, als nur das Schreien meines Sohnes. Und ich fing an zu laufen. Doch statt mich dem Bettchen meines Kindes zu nähern, entfernte ich mich noch davon."

Es klang wie die Szenerie eines Alptraumes. Selbst Marius merkte man nun die Anspannung an. Er erwartete das Schlimmste.

„Ohne Vorwarnung schwang schließlich das Fenster auf und Wind wie Regen stießen mir entgegen, obwohl ich so weit von dem Bettchen entfernt zu sein schien. Und mit dem Regen und Wind kam noch etwas anderes hinein."

Erst jetzt fiel es Marius auf. Eleonore war kreidebleich geworden. Ihr Gesicht hatte die Farbe von Asche angenommen und für einen kurzen Moment, in dem sie pausierte, war nur dass knarzen zu

hören, dass Geräusch, das die Riemen ihrer Taschen machten, während Eleonore mit ihnen rang.
„Es sah aus wie Rauch, der eine Form annahm. Die Form eines Vogels. Der Wind hatte einen Raben hinein getragen."
Die Tränen rannen ihre Wangen herunter, ohne Unterlass und die Furcht war ihr in Form von Zittern anzusehen.
„Der Rabe stürzte in die Wiege hinein und ohne etwas zu sehen, musste ich mit anhören, wie mein Kind schrie, als würde es um sein Leben gehen. Irgendetwas tat der Rabe mit ihm und ich flehte, dass er aufhören möge. Auf dem Höhepunkt des Schreiens und des vergeblichen Versuchs mich der Wiege zu nähern, stoppte plötzlich das Schreien meines Kindes und der Rabe flog einfach so wieder aus dem Fenster."
Eleonore musste inne halten, da sie nun auch unaufhörlich schluchzte und ihre Tränen trocknen musste. Sie schnäuzte in ihr Taschentuch und wurde plötzlich leise, wo sie zuvor noch in jene Hektik und Lautstärke verfallen war, die sie innehatte, als sie vermutlich in eben jener Situation war.
„Der Rabe war weg und die Schreie waren verstummt, ebenso wie meine. Ich hatte keinen sehnlicheren Wunsch, als zu dieser Wiege zu gelangen. In dem Moment jedoch, indem Blut aus jener Wiege floss, wurde der Drang so groß, dass ich nicht mehr aufhören konnte, zu schreien. Und endlich näherte ich mich tatsächlich der Wiege. Ich konnte zu meinem Jungen und ich befürchtete das schlimmste. Ich griff nach dem Bettchen und zog es zu mir."
Nun war sie völlig entgleist und in Marius´ Augen hatte er die Frau, die ihm gegenüber saß für einen Moment verloren.
„Ich hatte plötzlich einen Wäschekorb in der Hand. Und ohne es zu wollen, schrie ich und weinte mehrere Stunden, bis ich völlig erschöpft in eben jenem Nähzimmer einschlief."
Eleonore fasste sich wieder einigermaßen und blickte dennoch sichtlich erschöpft den Mann an, den sie gerade erst kennen gelernt hatte und mehr über jene Dinge anvertraut hatte, als jedem anderen Menschen.
„Es war großes Glück, dass sich an diesem Tag niemand sonst im Zimmer befand."

Marius nickte nur und war kurz sprachlos.

„Ich bin froh, dass Sie mir das anvertraut haben."

Und ohne es zu Beginn anzunehmen, verbrachte Eleonore an diesem Tag mehrere Stunden bei dem Mann, der angab, ihr helfen zu können, mit Dingen, die über den Verstand jedes normalen Menschen hinaus gingen.

„Und anhand dessen, was Sie mir erzählten, gehe ich davon aus, dass wir nicht mehr viel Zeit haben."

Marius lehnte sich zurück und faltete seine Hände in seinem Schoß.

„Ich fürchte, dass es das Beste ist, wenn Sie sich noch jemandem anvertrauen, ehe es zu spät ist. Wir werden jede Hilfe benötigen, die wir kriegen können."

Dass Eleonore damit zögern würde, bis zu jenem Tag, an dem es zu spät sein sollte, war ihr selbst nicht bewusst. Etwas ließ sie nach allem, was sie gesehen und im Haus der Familie gelesen hatte, immer noch zweifeln, dass etwas Wahres daran war.

5. Die Familie Kondere

Heute...

Es war ein stark verregneter Nachmittag und Kyle kam etwas später von seinem Projekt nach Hause. Er liebte seinen Job, doch mit seinem Bruder in einem Betrieb zu arbeiten war nicht gerade die Erfüllung seiner Träume. Vor allem da dieser allzu oft sehr jähzornig sein konnte. Und das war nach einem Projekt von vier Monaten sehr Nerven zehrend.

Er bremste scharf, als er an dem großen Haus seiner Eltern ankam und hinterließ eine tiefe Spur im Kies vor dem Haus. Die Regentropfen waren so groß, dass sogar dieser Kies mit hochsprang als die Regentropfen auf dem Boden aufschlugen. Kyle hielt sich seine Laptoptasche schützend über den Kopf, während er eilig die Autotür öffnete und rannte schnell zur Haustür. Er war ziemlich groß, sportlich, mit schwarzen Haaren und Dreitagebart und vergaß seine Haltung sogar beim geduckten Laufen nicht, worüber sich seine Brüder schon einige Male lustig machten. Er drehte sich an der Haustür nochmal um, um zu sehen, was sein Bruder machte, der heute mit ihm mitgefahren war, da sein Wagen in der Werkstatt war. Der Älteste der Brüder stieg aus, drehte sich langsam um und schloss mit einem kleinen Ruck die Tür des Geländewagens.

Jake war um rund zwei Köpfe kleiner als der mittlere Bruder und etwas untersetzt. Er trug seit seinem ersten Flaum einen Schnurrbart und war der kleine Rüpel unter den Brüdern, was man ihm natürlich nicht weismachen konnte. Während Kyle gerne seinen Stil verbesserte und die Mode mit großem Interesse verfolgte, was teure Anzüge, Schuhe und Uhren anging, liebte Jake die Gemütlichkeit. Wäre ein Jogginganzug als Arbeitskleidung durchgegangen, hätte er diesen nie mehr abgelegt. Kaum war die

Tür zu, schloss Kyle mit Fernverriegelung ab und warf seinem Bruder einen scharfen Blick zu.

„Das nächste Mal kannst du zu Fuß gehen oder ein Taxi rufen. Wenn ich jemanden haben will, der sich über meinen Fahrstil aufregt, dann nimm ich meine Frau mit."

„Nun wenn zwei der Mitmenschen in deiner Umgebung die Ansicht teilen, dann hat mein Bruder vielleicht einen schlechten Fahrstil."

Kyle machte einen abweisenden Winker mit seiner Hand und griff nach dem Knauf der Haustür.

„Ich bete zu Gott, dass es mal einen Tag geben möge, an dem ihr beide in Frieden nach Hause kommt."

Diese jedoch hatte sich schon geöffnet und Eleonore Kondere lächelte über das ganze Gesicht während sie ihre Arme zu einer Umarmung öffnete.

„Ach Mama, Jake und ich haben Frieden. Wir sind nur nicht einer Meinung."

Er küsste sie zärtlich auf die Paußbäckchen und dafür musste er sich ziemlich tief bücken. Nachdem sein Bruder es ihm gleichgetan hatte, gingen sie ins Innere und setzten sich in das antiquierte Wohnzimmer. Eleonore schlang den Poncho fest um sich und nahm auf einer der drei Couches Platz, nachdem sie den Jungs je ein Handtuch gebracht hatte. Sie hatte unzählige Schals, Ponchos und Überwürfe, die sie mit Vorliebe trug. Sie alle hatten unverwechselbare Muster und gaben der Mutter einen esoterischen Look. Mathew dachte oft darüber nach, dass seine Mutter irgendwie in der falschen Zeit geboren war. Sie wirkte wie eine Kräuterfrau aus dem vergangenen Jahrtausend. Nur weitaus gepflegter. Alle ihre Kinder liebten ihren Duft, der stets zur Jahreszeit passte. Als Mutter hätten sie sich keine Bessere wünschen können, denn sie war liebenswert, hatte gute Kenntnisse der homöopathischen Heilkunde und konnte zudem sehr gut kochen.

Der Regen schlug inzwischen immer härter gegen das Fenster und die Kirschen und Weiden vor dem Haus bogen sich schon bis an die Belastungsgrenze. Mathew kam gerade gedankenversunken die Treppe herunter und streifte über die schmiedeeisernen Weinranken auf dem Weg ins Erdgeschoss. Dabei summte er eine Melodie eines klassischen, melancholischen Klavierstücks, das er seit Wochen rauf und runter hörte. Erst als er die Stimmen seiner Brüder hörte, wurde er sich ihrer Anwesenheit bewusst und lächelte freudig, als er das Wohnzimmer betrat und sie begrüßte.
„Wie läuft das Internetgeschäft und wie ist es in Hongkong gelaufen? Ihr seht ja ganz schön scheiße aus."
Seine Brüder wussten genau wie das gemeint war. Kyle stand auf und drückte seinen Bruder. Jake gab Mathew seine Hand und klopfte ihm auf die Schulter. Obwohl Mathew mit zweiundzwanzig Jahren der Jüngste war, war er der Größere der Brüder. Vom Charakter her war er aber eher der unauffälligste und ziemlich zurückhaltend. Und obwohl er mit seinen weißblonden Haaren und seinem Auftreten sicher schon viele Frauen hätte haben können, zeigte er nicht viel Interesse. Diese Tatsache ließ seine Brüder schon die interessantesten Vermutungen anstellen, doch auch das interessierte ihn wenig und er versuchte es zu ignorieren. Kyle hatte sich inzwischen wieder hingesetzt und betrachtete seinen jüngsten Bruder.
„Und,... wie läuft das mit dem Schreiben?"
„Weiß nich´, es läuft nicht so wie ich es mir vorgestellt habe."
Kyle nickte wissend.
„Schreibkrise?"
„HmHm! Ja leider,... aber ich bin sehr zuversichtlich."
Er lachte kurz auf und schmiss sich dann auf die große Couch hinter ihm, was die dicke schwarze Katze neben ihm kurz aufschrecken ließ. Er drückte die Hand seiner Mutter, die ihm einen liebevollen Blick zukommen ließ.

„Und wann stellst du uns endlich deine Freundin vor?"
Mathew grinste verschmitzt und warf seinem Bruder einen bösen Blick zu, ehe er mit hochgezogener Augenbraue antwortete.

„An dem Tag, an dem du erwachsen wirst!"
„Solange? Das sorgt für mächtig dicke..."
Kyles schlagkräftige Antwort wurde von Jake durch eine abrupte Frage unterbrochen, um seiner Mutter diesen Satz zu ersparen.
„Wo ist eigentlich unsere kleine Schwester?"
Jake hatte diesen Satz kaum zu Ende gesprochen, da fuhr ein alter BMW Kombi vor dem Haus, mit laut aufgedrehter Rockmusik vor.
„Die Frage hat sich wohl erübrigt."
Jake grinste seine Brüder an und verdrehte die Augen.

„MAAAAAAAAMMMIIIIIIIIIII... bin wieder daaaha! Sind meine Brüderchen auch da?"
Eine kurze Pause folgte, als die mächtige Haustür, mit Eisenbeschlägen aus Wein, mit einem heftigen Schlag zugehauen wurde. Das wiederum veranlasste Eleonore mit ihren Augen zu rollen.
„Dieses Weib!"
Als das „zierliche" Schwesterchen das Zimmer dann betrat jedoch sprach sie weiter
„ ...JA! sind se."
„Na du,... bist immer noch so ungestüm wie eh und je, was? Wann wird aus dir endlich mal eine Lady?"
Kyle konnte nicht schnell genug ausweichen und bekam den Schlag auf den Oberarm voll mit. Seine Oberarme waren zwar gut trainiert, doch ein Schlag von einer jungen Frau, die fast so groß war wie er und nochmal fünfzig Kilo mehr wog, war ziemlich schmerzhaft. Eines von Miriams Hobbies war es sich die Haare zu färben. Sie hatte gerade einen knalligen Rotton gewählt. Ihr rundes Gesicht wurde aber glücklicherweise nicht mehr von ihren Haaren umrahmt, wie es früher der Fall gewesen war, sondern inzwischen trug sie eine Kurzhaarfrisur, die wie die Brüder fanden, gut zu ihr passte und ihre freche Zunge noch unterstrich. Da sie ziemlich korpulent war, trug sie immer weite Tunika, deren Farben genauso bunt waren, wie ihre Schminke. Meist, wenn es keine Jeans waren, lief sie im Sommer zudem mit farbenfrohen Wickelröcken herum, was sie ihrer Mutter gleichtat. Sie war eine sehr lebenslustige

Person, die ihr Leben in jeder Situation zu genießen schien, doch leider auch manchmal, wenn es sein musste, auf Kosten ihrer Mitmenschen, was, wie ihre Brüder meinten, auch sie selbst betraf. Diese kamen zwar mit ihr klar, hatten jedoch zeitweise echte Probleme mit diesem Umstand umzugehen. Sie erwarteten ebenso wie ihre Mutter von ihnen, dass ihr Schwesterchen endlich erwachsen wurde. Ein müßiges Unterfangen, wie es schien.

Die beiden ältesten Brüder blieben nur eine knappe Stunde und machten sich dann wieder auf den Weg, um zu ihren Familien zu kommen. Eleonore, Miriam und Mathew verabschiedeten sie am Eingang. Und das unter gewissen Schwierigkeiten, da der Regen nun mit schwerem Hagel einherging. Zudem blitzte es und der Donner zerriss den Himmel ununterbrochen. Die zweite der drei Katzen kam noch schnell hereingeschlüpft, bevor Eleonore die Tür hinter sich verschloss und das Wort an Mathew richtete. Mathew konnte ihr ansehen, dass sie die Jungs lieber nicht fahren hätte lassen. Das hielt sie jedoch nicht davon ab, folgende Bitte an ihren Jüngsten zu richten.
„Mathew?! Könntest du mir noch einen Gefallen tun, bevor das Gewitter zu stark wird?"
Eleonore wirkte besorgt und kramte in einer der Schubladen der Kommode, die direkt bei der Garderobe neben dem Eingang stand. Es war eine sehr große Kommode, ebenso wie es eine große Garderobe war. Von jedem Familienmitglied fand sich hier etwas. Ob Jacken, Schuhe oder andere Kleidung. Da dies nach wie vor der zentrale Anlaufpunkt für alle Familienmitglieder war, fand sich hier auch von Jedem etwas, selbst wenn Kyle und Jake nicht mehr hier wohnten. Es war das Haus der Familie und das wahre Zuhause aller. Etwas, dass Eleonore gefiel, ebenso wie jedem ihrer Kinder.

„Du kennst doch den Steinweg, der bei dem alten verfallenen Haus endet?"
Mathew wusste nur zu gut welches Haus sie meinte, da er und seine Brüder zu Kinderzeiten gern dort spielten. Er fand es immer schade, dass sie sich wegen der verdunkelten Fenster und der

verschlossenen Tür keinen Eindruck vom Innenraum des Hauses machen konnten.
„Ja klar, natürlich kenn ich das Haus. Was ist damit?"
„Es gehört seit Generationen unserer Familie und ich wollte dich bitten, kurz danach zu sehen und alle Fenster zu schließen, damit der Sturm keinen zu großen Schaden anrichten kann."
Mathew glaubte sich verhört zu haben und sah seine Mutter ungläubig an. Ein Kribbeln der Aufregung durchlief seinen Körper. Neben der Enttäuschung, nichts davon gewusst zu haben, strebte er doch auch gleichzeitig danach, dieses Mysterium erforschen zu können.
„Es gehört unserer Familie? Wieso weiß ich nichts davon?"
„Ich erkläre es dir später. Soviel kann ich dir jedoch schon sagen. Es drehen sich einige Geheimnisse, auch unsere Familie betreffend, um dieses Haus. Du weißt, ich traue mich bei so einem Gewitter nicht zu fahren, sonst würde ich selber nach dem Haus sehen. Bitte tu mir den Gefallen."
Mathew fühlte sich verletzt. Das kam etwas plötzlich und brach in gewissem Maße das Vertrauen zu seinen Eltern. Ein Gefühl, an das er sich auch nach all den Jahren nicht gewöhnt hatte. Zudem fand er die Aussage gerade eben ziemlich merkwürdig von seiner Mutter.
„Ja ich tu dir den Gefallen schon, doch ich hoffe, dass es keine *dunklen* Geheimnisse sind."
Eleonore gab ihrem Sohn, ohne auf diese Bemerkung einzugehen, einen großen massiven Eisenschlüssel mit einer eigenartigen Verzierung am Griff, die, wie Mathew meinte, wohl ein Wappen darstellen sollte.
„Versprich mir, dich nicht länger als nötig dort aufzuhalten."
Mathew musterte den Schlüssel und sah die Ähnlichkeit des Wappens zu dem, welches Kyle an seinem Ring hatte. Dieser hatte von ihrem Großvater kurz vor seinem Tod einen Ring aus Weißgold geschenkt bekommen. Das Wappen darauf schien das Gleiche zu sein. Mathew vermutete, dass Kyle den Ring erhalten hatte, weil er sich schon länger mit der Ahnengeschichte der Familie befasst hatte und dieses Interesse mit seinem Großvater

teilte. Diesen Ring seinem Sohn Nored oder möglicherweise Jake zu schenken war vermutlich eine Verschwendung in seinen Augen. Mathew wusste zumindest, dass Kyle diesen Ring niemals ablegte.

6. Es ist soweit

Jake schlug die Tür des Autos zu und winkte Kyle noch einmal kurz zum Dank hinterher. Er stieg aufgeregt die Stufen des Reihenmietshauses in dem er lebte hinauf und als er gerade nach der Türklinke greifen wollte, schwang diese schon auf. An der Tür stand eine kleine zierliche Frau mit rötlich braunem Haar und einem kugelrunden Babybauch. Ein Anblick, der Jake im ersten Augenblick schon fast erschreckte. In den letzten vier Monaten war seine Frau durch die Schwangerschaft stark verändert worden. Es nahm ihr jedoch nichts von ihrer Schönheit. Ebenso überrascht gerade hier und jetzt auf ihren Mann zu treffen, zögerte diese kurz und ein aufrichtiges Lächeln machte sich in ihrem Gesicht breit. Ihre welligen und sehr langen roten Haare strich sie aus Gewohnheit hinter eines ihrer Ohren, während sie mit der anderen Hand den Bauch hielt.
„Hi Schatz, ich hab dich schon erwartet. Ich hab gerade meine Eltern her bestellt. Mir ist nämlich soeben meine Fruchtblase geplatzt."
Sie lächelte Jake breit an, daraufhin umarmte er seine Frau energisch, wofür er sich sofort ungeschickt entschuldigte und rief in kindlich erfreutem Ton:
„Das ist ja toll Lilly, ...wow, das ist das beste Begrüßungsgeschenk das man sich wünschen kann."
Lilly stöhnte.
„Da sprich mal für dich selbst. Denn die Schmerzen sind gerade wirklich unerträglich."
In dem Moment fuhr auch schon das Auto ihres Vaters vor, zu dem Jake sie stützend begleitete. Dann machte er ihr die Tür auf und setzte sie vorsichtig hinein, wobei er das kleine blondgelockte Mädchen, das auf der Treppe wartete schnell auf den Arm nahm. Er setzte Chantall neben Lilly auf den Mittelsitz im Auto und wies dann den Vater von Lilly an, kurz zu warten, rannte noch einmal hoch um das von Lilly vorbereitete Gepäck zu holen und stolperte

nach kurzer Zeit wieder aus der Eingangstür, die er nicht einmal verriegelte. Er setzte sich zu seiner Frau und Chantall auf den Rücksitz und sie fuhren höchst aufgeregt und auf schnellstem Wege ins Krankenhaus. Auf dem Weg dorthin rief er von seinem Handy aus im Krankenhaus an und ließ die Geburtshelfer von der bald eintreffenden Schwangeren wissen.

Diese nahmen sich Lilly sofort nach der Ankunft an, wobei Jake ihr nicht von der Seite wich. Auf der Entbindungsstation traf nach kürzester Zeit schon der zuständige Arzt ein, der nach Betrachtung des Muttermundes den zukünftigen Eltern mitteilte, dass es bis zur Geburt wohl noch ein paar Stunden dauern würde. Er erklärte, dass Lilly unter die Beobachtung der Hebamme gestellt wird und er selbst auch regelmäßig vorbeischauen würde. Jake lief nervös im Raum auf und ab, was seine Frau amüsiert beobachtete.
„Ein paar Stunden noch!? Das ist ziemlich lang."
„Frag mich doch mal. Siehst du, wie ich daliege? Das ist nicht wirklich bequem. Abgesehen von den Wehen natürlich, dem nervösen Magen und den Stimmungsschwankungen geht's mir allerdings sehr gut."
„Tut mir leid Schatz, wie egoistisch von mir."
Jake ging zu ihr, nahm ihre Hand, die er kurz küsste und kniete sich neben sie. Er strich ihr mit seiner anderen Hand über den Bauch und stieß einen erstaunten Prußter aus.
„Da drin ist es, ...unser Kind, ich kann es nicht fassen. Ich liebe dich."
Jake verließ nach kurzer Zeit die Entbindungsstation und schaltete sein Handy ein. Nach einem erfolglosen Versuch Mathew am Handy zu erreichen, versuchte er es bei Kyle.
„Hey kleiner Bruder, wir kriegen unser zweites Kind..."
Kyle teilte Jake mit, dass es nur ein paar Minuten dauern würde, bis er und seine Frau zu ihnen kommen würden. Nach dem Gespräch rief Jake noch seine Mutter an, die sich ebenfalls ankündigte und als er es noch ein paar Mal vergeblich bei seinem jüngsten Bruder versucht hatte, gab er schließlich auf und kehrte zu seiner Frau zurück.

7. Das Kondere-Haus am alten Weg

Mathew fuhr mit seinem kleinen französischen Flitzer am Haus vor und versank dabei fast in der nassen Wiese auf der er parken wollte. Er stieg, nachdem er sein Handy aus der Haltevorrichtung genommen hatte, aus und rannte so schnell er konnte zur Haustür, auch wenn das gar nicht einfach war, da er fast knöcheltief im Schlamm versank. Sein Blick blieb dabei kurz an dem kleinen See ganz nahe beim Haus hängen. Dieser schlug große Wellen am Ufer mit dem kleinen Steg und die großen Tropfen wühlten das Wasser bedrohlich auf. Ein faszinierender Anblick. Der Wald unmittelbar hinter dem Haus dröhnte im Wind und Bäume knarzten bedrohlich. Eine Szene, wie aus einem Horror, befand Mathew.

Es war auch nicht einfach den Schlüssel in den Schlitz zu bekommen, wenn man es aufgrund starken Regens so eilig hatte. Der Schlüssel fiel ihm zwei Mal auf das alte Steinpodest an der Tür und er verlor langsam seine Geduld. Beim dritten Versuch klappte es sofort und der Schlüssel rutschte in das Schloss. Es knackte und knarzte als er versuchte diesen umzudrehen, doch der Schlüssel machte keine Anstalten, sich drehen zu lassen. Mathew stieß einen kurzen Schmerzensschrei aus und zog die Hand vom Schlüssel weg, an dem nun ein Tropfen seines Blutes hing.

Entsetzt sah er zu, wie der Tropfen sich auf dem gesamten Schlüssel auszubreiten schien und schließlich in dem Schloss selbst verschwand. Gerade als Mathew zögernd nach dem Schlüssel greifen wollte, drehte sich dieser eigenständig gegen den Uhrzeigersinn und öffnete die Tür, die gleich darauf aufschwang. Mathew ging tropfend ein paar Schritte hinein, legte seinen Mantel ab und schwang ihn über seinen Arm. Danach zog er zögernd den Schlüssel von der Haustür ab und schloss diese. Erst in diesem Moment realisierte er die Tatsache, dass er in dem Haus war, in das er als kleines Kind so oft versucht hatte Einblick zu bekommen.

Doch im Moment war er sich, besonders nach diesem Vorfall, nicht mehr so sicher ob er das noch wollte. Er stand ganz offensichtlich in einem Flur und wie es sich für einen solchen gehört, fand sich in diesem auch eine Garderobe, an der er seinen Mantel aufhängen konnte. Die Wände hingen voll mit Bildern von Menschen die er nicht kannte. Die einen sympathischer, die anderen weniger. Er ging während er die Bilder betrachtete weiter den Flur entlang, bis er auf der rechten Seite auf eine Tür stieß. Er schloss diese ebenfalls mit dem Schlüssel auf und öffnete sie langsam. Das Geräusch das die Tür dabei machte, unterstützte das gruselige Ambiente des Hauses zusätzlich und Mathew musste schmunzeln.

Mathew kam in ein Zimmer, dass ihm das Erstaunen ins Gesicht zeichnete. Von der Tür aus, sah er auf einen massiven, aus Naturstein gefertigten Kamin, auf dessen Sims einige opulente Kerzenhalter und uralte Bilder standen. Er sah nach rechts und dort waren zwei riesige Bücherregale jeweils an einer der vier Wände angebracht. Er betrachtete kurz einige der Buchtitel, die von persönlichen Memoiren einiger seiner Vorfahren, bis hin zu Sachbüchern reichten. Ihm fiel auf, dass ein paar Stellen zwischen den Büchern leer waren. Er fragte sich einen Moment lang, wer sie sich wohl ausgeliehen hatte. Es konnte nur seine Mutter gewesen sein.

Unmittelbar vor dem Kamin standen zwei ungewöhnlich große aber nicht minder bequem aussehende Sessel. Mathew konnte nicht anders. Er musste sich einfach in einen dieser Sessel setzen. Er ging um einen der beiden herum und ließ sich mit einem tiefen Seufzer in die Kissen fallen. Mit einem Mal hörte er ein Geräusch, das wie ein Sog klang und aus dem Kamin zu kommen schien. Er setzte sich aufrecht hin und sah zum Kamin der beim ansaugen der Luft ein pfeifendes Geräusch machte. Dieses stoppte abrupt und kurz darauf folgte ein explosionsartiges Geräusch, das mit Flammen einherging. Er drückte sich entsetzt in den Sessel und beobachtete erschrocken, wie die Flammen sich ordneten und ein prasselndes Kaminfeuer hinterließen. Total geschockt und gleichzeitig tiefst neugierig sprang er aus dem Sessel hoch und betrachtete diesen eingehend. Er dachte für sich, dass das ein Mechanismus im Sessel ausgelöst haben musste und als er wieder aufsah, bemerkte er, dass das Licht nachließ, da die Flammen sich zurückzogen. Mathew schüttelte den Kopf und wandte sich von den zwei Sesseln ab. Von der Tür aus links befanden sich weitere Türen. Die eine unmittelbar neben der Tür aus der er kam, bestand aus zwei Türen und die ein paar Meter weiter war etwas kleiner. Er entschied sich für die kleinere und schloss diese auf. Er war froh, dass sich das mit dem Schlüssel nicht wiederholte und schritt durch die Tür.

Mathew stand in einer uralten Küche, die trotz ihres offensichtlichen Alters in einem beeindruckend gutem Zustand war. Er hielt sich dort nicht lange auf, auch wenn er die alten Utensilien faszinierend fand. Er schloss die Tür direkt gegenüber der anderen in diesem Raum auf und ging hindurch. Er war fast geblendet, da er im ersten Raum mit einem, wenn auch milchigen, Fenster stand. Hierbei handelte es sich um das Badezimmer, dass er als etwas klein aber wunderschön empfand. Die Toilette links von ihm schien eine der modernsten ihrer Zeit gewesen zu sein und für ihr Alter ebenfalls in sehr gutem Zustand. Gleich daneben stand eine auf goldenen Pranken thronende Badewanne mit vergoldetem Wasserhahn und rechts davon ein Waschbecken im gleichen Stil mit einem uralten Spiegel. Da das Fenster geschlossen war, hielt sich Mathew dort nicht länger auf und ging zurück in den Salon nachdem er beide Zwischentüren verschlossen hatte. In dem Haus war es so dunkel, dass Mathew inzwischen die Taschenlampe seines Autoschlüssels benutzte um sich zu orientieren.

Der Kamin war inzwischen ganz erloschen und Mathew maulte vor sich hin.
„Ist es denn zu viel verlangt ein bisschen Licht zu installieren."
Er erschrak fast zu Tode, als die kleinen Flämmchen in den Gasleuchten an den Wänden aufblitzten und den Raum in nostalgisches Licht tauchten. Inzwischen wurde das flaue Gefühl in

Mathews Magen zu einem schweren Klotz aus Zweifeln, dass dies noch irgendwelche Mechanismen waren. Und trotzdem; bei all den unheimlichen Sachen, die in diesem Haus so abgingen, war die Neugierde doch größer als die Furcht. Und außerdem war er sich sicher, dass ihm seine Mutter nicht schaden wollte, mit der Bitte in dieses Haus zu gehen, dass sie wahrscheinlich schon viele Male vor ihm betrat. Im Salon sah Mathew noch mal alles genau an und schaute vorbei an den alten Sesseln, die dem Kamin zugewandt waren und sein Blick wandte sich in die Richtung in der die Doppeltüren lagen. Er ging darauf zu, erhob den Schlüssel in Richtung des Schlüssellochs und noch bevor er überhaupt in die Nähe des Selbigen kam, sprang diese mit Karacho auf und Mathew hätte schwören können das sein Herz für den Bruchteil einer Sekunde stehenblieb. Ein paar Sekunden blieb er regungslos stehen und starrte in den dunklen Raum vor sich.
„Licht?!"
Er erwartete kleine Flämmchen in Gaslampen, die nun aufblitzen sollten, doch es tat sich nichts und er ging ein paar Schritte in den Raum hinein, soweit das Licht aus dem Vorzimmer in dieses hineinreichte. Und beim letzten Schritt hörte er ein kurzes Knarren und die Türen schwangen ebenso schnell wie sie aufgegangen waren, mit einem lauten Knall wieder zu.
„LICHT!!!"
Mathew musste sich eingestehen, dass er jetzt langsam wirklich Angst bekam und er wühlte mit hastigen Bewegungen in der Hosentasche um seinen Autoschlüssel wieder hervorzukramen und wieder etwas Licht zu machen. Und als er den Schlüssel endlich in der Hand hatte, und das Licht, betätigte er es. Doch nichts tat sich. Seine Augen gewöhnten sich zwar langsam an die Dunkelheit, doch das einzige was er sah war der Lichtfetzen der unter dem Türschlitz hervortrat und als er den Schlüssel zum Schlüsselloch bewegte, tat sich auch hier nichts. Er steckte ihn rein, konnte ihn aber nicht drehen und nach einigen kräftigen Tritten und Rüttlern an der Tür gab er auch diesen Versuch auf. Mathew bewegte sich mit vorsichtigen Schritten auf die Mitte des Raumes zu, wo er abrupt abgebremst wurde, wie es sich anfühlte, von einem weiteren

Sessel und Mathew musste sofort an den Kamin denken, der anging als er sich im Salon hineinsetzte. Er suchte also die Sitzfläche und setzte sich. Er verharrte ungefähr dreißig Sekunden und sah dabei starrend in die Richtung, in die der Sessel ausgerichtet war. Vielleicht waren seine Augen überanstrengt, doch hatte er das Gefühl Sternchen zu sehen. Doch die Sternchen nahmen an Licht zu und hüllten den Raum, der offensichtlich ebenfalls keine Fenster hatte, in schleierhaftes Licht. Immer mehr Lichter leuchteten auf und eine komplette Wand dieses Raumes, der beträchtlich war, wurde zu einem ´Himmel voller Sterne´.

8. Drei Generationen eine Wahrheit

Miriam rief ihre Mutter ob sie nun endlich fertig sei.
„Ich komme ja schon, ich bin ja so weit, Himmel nochmal!"
„Nun, wenn du aus dem Fenster siehst, weißt du, warum ich dich hetze."
Der Sturm hatte inzwischen enorme Ausmaße angenommen und Eleonore sah besorgt aus dem Fenster. Einzelne Äste der Trauerweide und mancher Kirschbäume, von teilweise massivem Durchmesser, waren dem Sturm bereits zum Opfer gefallen. Der gesamte Hof und Teile des Hauses waren mit deren Blättern bedeckt.
„Na, siehst du nun, warum ich es so eilig habe? Wir sollten schauen, dass wir so schnell wie möglich ins Krankenhaus kommen, bevor der Sturm noch schlimmer wird."
Eleonore blickte zu Boden, als sei sie plötzlich zutiefst erschüttert.
„Der Sturm wird erst richtig schlimm wenn das Mädchen geboren ist."
Miriam zog die Augenbrauen zusammen. Nun hatte ihre Mutter komplett den Verstand verloren. Miriam blieb die Spucke weg. Sie mochte ihre Mutter sehr, doch zweifelte sie auch nicht selten an ihrem Verstand. Eine Frau mittleren Alters, die in der Stadt einen kleinen Kräuterladen hatte und dort allerlei Salben und Tees verkaufte konnte ja nicht ganz bei sich sein. Besonders, wenn sie das Meiste selbst zubereitete.
„Wie meinst du das, Mama? Woher weißt du denn, dass es ein Mädchen wird? Hast du noch einmal mit Jake und Lilly geredet?... Ich dachte sie wollten, dass es eine Überraschung wird. Hat ihnen der Arzt gesagt, dass es ein Mädchen wird?"
Miriam hörte wie in einem Echo, wie bescheuert dieser Haufen Fragen klingen musste. Doch das war ihr vorerst egal. Die überraschende Aussage ihrer Mutter zuvor übertraf dies bei Weitem.

„Sie haben keine Ahnung, dass es ein Mädchen wird, also sag ihnen nichts davon, versprich es mir Miriam."
„Aber woher weißt du es dann?"
Eleonore packte Miriam etwas unsanft Unterarm.
„Auaaa!!!..."
Sie konnte nichts mehr sagen, denn ihre Mutter unterbrach sie und sah sie mit diesem ernsten Blick an, den ihre Tochter nur zu gut kannte, jedoch bisher nicht so intensiv.
„Ich will das du nichts sagst,... VERSPRICH ES!!! Ich werde dir alles erklären. Zuvor jedoch müssen wir noch bei deiner Großmutter im Heim vorbeischauen."
„Bei Oma? Aber..."
Ein kurzer stechender Blick und Miriam wusste, es ist alles gesagt. Sie hatte ihre Mutter so noch nie erlebt. Sie wirkte, als wäre sie sehr in Eile. Aber nicht das Baby zu sehen, sondern etwas anderes. Miriam befand sie als apathisch, beinahe paranoid. Als hätte sich schlagartig etwas in ihrer Mutter verändert. Jeder Außenstehende hätte nun gesagt, dass Miriam selbst es war, die sich etwas einbildete. Doch kaum einer kannte ihre Mutter so, wie sie es tat. Und für Miriam war unumstößlich, dass sich ihre Mutter vollkommen anders verhielt, als jemals zuvor. Beide stiegen schweigend in den Wagen und machten sich auf den Weg, so schnell es bei dem Wetter ging. Und obwohl Miriam vollste Konzentration beim Fahren brauchte, ließ sie ihre Mutter niemals länger als eine Minute aus den Augen. Diese hatte sich wie immer an dem Griff über dem Fenster fest geklammert. Doch heute wirkte auch diese Geste, die sie sich schon vor Jahren, nach einem Autounfall angeeignet hatte, verängstigter als sonst. Mit der anderen Hand, die nicht einen Augenblick still stand, malträtierte sie die Riemen ihrer ledernen Handtasche. Miriam war außer sich vor Sorge, auch wenn sie sich nicht viel anmerken ließ. Die Minuten schienen wie Stunden, in denen sich Mutter und Tochter anschwiegen.

Als sie am Pflegeheim ankamen stürzte Eleonore aus dem Auto heraus in das Zimmer ihrer Mutter. Miriam hatte Schwierigkeiten Schritt zu halten.

„Mutter, hör mir zu,... es geschieht wieder. Du musst uns helfen, bitte!"

Eleonore legte ihre Hände auf die Armlehnen des Rollstuhls ihrer Mutter und kniete sich vor sie hin. Ihr Blick dabei, wenn auch nur von der Seite gesehen, wirkte auf Miriam flehend, ebenso wie panisch.

„Mom?!... Oma redet seit Jahren kein Wort mehr, was ist bloß los mit dir?"

Eleonore beachtete ihre Tochter nicht, als wäre sie taub für alles, was um sie und ihre Mutter herum geschah. Wie der krächzende Laut, den ein alter Wasserhahn macht, wenn dieser nach langer Zeit wieder genutzt wird, erhob die Großmutter ihre Stimme.

„Ich... ich kann nicht... helfen. Dies ist nicht mein Fluch,... wie du weißt."

Eleonore richtete sich auf und drehte sich zu ihrer Tochter hin. Sie sah sie mit Tränen in den Augen an und ging auf sie zu. Miriam liefen ebenfalls Tränen über die Wange. Sie hatte sich die Hand vor Entsetzen so schnell auf den Mund geschlagen, dass es einen Klatschlaut gab.

„Was geht hier vor Mama?"

Beide erschraken aufgrund der Spannung in der Luft, als Miriams Großmutter wieder das Wort ergriff.

„Es ist ein uralter Fluch, den einer deiner furchtbaren Vorfahren auf seine weiblichen Nachfahren legte. Es stürmt, wenn ein weibliches Kind geboren wird,... doch... wird ein weibliches Kind geboren und die weibliche Generation ist in der Überzahl..."

„Was ist dann?"

Miriam wechselte hektisch den Blick zwischen den Beiden und man sah ihr die Anspannung an. Eleonore konnte sehen, dass ihre Hände zitterten. Miriam ballte sie zu Fäusten, so fest, dass die Knöchel sich weiß auf den Handrücken ausbildeten.

„WAS IST DANN?"

Miriam keuchte, da sie sich beinahe an dem Kloß in ihrem Hals verschluckt hatte. Ihre Großmutter sah sie mit einem von Sorgenfalten umgebenen Gesicht an, als wäre sie eine völlig Fremde. Man konnte sehen, dass ihr die Antwort nicht leicht über die Lippen kam.
„Dann möge Gott uns beistehen! Denn dann sind wir alle in großer Gefahr."
Ihre Großmutter drehte sich von ihnen weg und sah aus dem Fenster hinaus auf das trostlose Wetter.
„WAS???...Das glaubt ihr doch nicht im Ernst?"
Großmutter Nell schloss ihre Augen und eine einzige Träne kam hervor, bevor sie voller ohnmächtiger Trauer zu ihrer Enkelin aufsah. Sie saß in einem Rollstuhl, der bestimmt schon fünfzig Jahre alt war, doch sie hatte nie einen anderen haben wollen. Ihre Stimme wirkte noch rauer und fremdartiger, als zuvor.
„Deine Urururgroßmutter Ronya gebar einst eine Tochter. Ihr Name war Stefanie. Bis dahin war alles in Ordnung. Doch als Stefanie vierundzwanzig Jahre alt geworden war, und gerade mit deinem Ururgroßvater in anderen Umständen war, wurde Ronya, ihre Mutter noch einmal schwanger. Sie war bereits Ende vierzig. Kurz nachdem dein Urgroßvater geboren worden war und wir dachten, alles sei in Ordnung, bekam Ronya Zwillinge. Zwei Töchter."
Miriam bebte. Sie wusste nicht im Geringsten, was ihr ihre Großmutter sagen wollte, doch sie spürte einen dunklen Schatten über diesem Zimmer, der sich ungehindert ausbreitete, wie eine unheilvolle Wolke. Ihre Großmutter sprach weiter, als könne sie darauf keine Rücksicht nehmen.
„Dies war jener schicksalhafte Tag, an dem die Frauen in ihrer Familie die Anzahl der Männer übertrafen. Jener Tag, an dem alle Frauen deiner Familie spurlos verschwanden, die das Blut der Familie Kondere in sich hatten. Ob aufgrund ihrer verwandtschaftlichen Beziehung zu dieser, oder weil sie ein Kind der Familie Kondere ausgetragen hatten."
Miriams Brust hob und senkte sich in dem Rhythmus, der mit einer schweren Droge oder einem Dauerlauf einherging. Panik hätte am

Ehesten beschrieben, was sie nun fühlte. Ihre Mutter saß teilnahmslos und offensichtlich wenig überrascht bei ihrer Oma und lauschte ihren Worten wie den Tagesnachrichten. Erschüttert, doch beinahe teilnahmslos und als sei sie nicht betroffen.
„Man fand einige Leichen der Frauen wenige Wochen später in einem Wald unweit von hier. Ihre Herzen wurden nie gefunden. Ebenso wenig, wie die Leichen der Babys, die ebenfalls verschwunden waren."
Miriam weinte, ohne einen Laut von sich zu geben. Gefangen im Entsetzen über eine Geschichte, die unmöglich wahr sein konnte. Es gab Geschichten zu dem Tod aller Frauen in der väterlichen Ahnenreihe. Doch solch eine Geschichte hatte sie hierzu bisher nicht gehört. Sie fing erst nach wenigen Sekunden an, jammerähnliche Laute von sich zu geben und bruchstückhafte Sätze.
„Aber wieso...? verhindern..."
Sie keuchte und begann mit Schnappatmung, als ihre Mutter sie in den Arm nahm und abstützte. Dann kam Miriam ein Gedanke und sie riss sich von ihrer Mutter los.
„Das ist einfach nicht wahr! Das kann nicht wahr sein. Zudem müsste dann ja heute... warte mal!"
Miriams Augen weiteten sich.

Nell schüttelte den Kopf und ehe sie eine Reaktion in den Augen und Gesichtszügen ihrer Enkelin sehen konnte, war diese ebenfalls kopfschüttelnd aus dem Zimmer gerannt. Eleonore folgte ihr eiligen Schrittes.
„Dies ist eine unglaubliche Geschichte und nicht einfach zu begreifen, ...doch es wäre nicht das erste Mal, dass so etwas passiert, du wirst sehen. Du musst wissen, Nell ist zwar nicht betroffen, kannte aber eine Freundin deines Ururgroßvaters sehr gut, noch aus ihrer Kindheit. Diese hat miterlebt, wie deines Vaters Urgroßmutter im Krankenhaus schrie, als ihre Kinder verschwanden, noch bevor sie diese in den Armen hielt, nur um dann selbst zu verschwinden. Sie adoptierte deinen Urgroßvater und niemand sprach mehr davon. Deines Vaters Familie hatte

schon immer großen Einfluss in dieser Gegend und so manch dunkles Geheimnis."

Miriam hatte keine Tränen mehr. Nur noch den fragenden Blick einer jungen Frau, die einer Fremden gegenüber stand. Einer Fremden, die ihr gerade eine schreckliche Geschichte übermittelt hatte.

„Aber warum?... Das ergibt keinen Sinn. Warum erzählst du mir erst jetzt davon?"

Jetzt liefen Eleonore ebenso wie ihrer Tochter zuvor die ersten Tränen über die Wange.

„Weil ich es bis vor wenigen Tagen selbst nicht geglaubt hatte. Weil ich es für die Hirngespinste einer alten debilen Frau hielt. Sie hat mich vor ein paar Jahren eingeweiht, bevor sie in dieses Heim kam. Sie gab mir den Schlüssel zu einem Haus und sagte, ich solle mich in dessen Keller umsehen. Ich sollte mir die Geschichte dieses Hauses einverleiben, um die Geschichte meines Mannes und dessen Ahnenreihe zu verstehen."

Eleonore wirkte abwesend, als sie diese Worte sprach, als würde sie an traumatische Ereignisse erinnert.

„Ich lernte, die Zeichen zu deuten. Unsere Zeit ist jedoch abgelaufen, bevor ich mehr bewirken konnte, als deinen Bruder auf den Weg zu führen und zu hoffen, dass dieser hinter das Geheimnis kommt, ehe wir unsere Leben aushauchen."

Eleonore ging an ihrer Tochter vorbei und Richtung Ausgang, um zum Parkplatz zu gelangen. Miriam schwieg und folgte ihrer Mutter nach kurzem Zögern völlig fassungslos aus dem Heim. Sie wusste zumindest, was das betraf, würde ihre Mutter niemals lügen. Sie spürte die Gefahr und war nun darauf angewiesen, ihrer Mutter zu vertrauen.

„Das kann einfach nicht wahr sein!"

Miriam schrie.

„Wir müssen etwas tun!"

Eleonore blickte ihre Tochter voller Güte und Mitgefühl an. Sie wusste, dass sie ihre Tochter beruhigen musste. Und wenn das hieß, dass sie lügen musste. Sie schwieg kurz und blickte sich geistesabwesend um. Dann sah sie zum Horizont und ihr kam eine

Idee. Ganz plötzlich lächelte sie und strahlte ihre Tochter geradezu an. Sie zeigte erst wortlos dann beinahe erheitert sprechend auf den Himmel.
„Ein Junge! Siehst du die helleren Wolken dort hinten?"
Miriam sagte nichts, sondern versuchte angestrengt ihrer Mutter zu folgen.
„Sieh doch nur dort hinten! Die Wolkendecke lichtet sich."
Eleonore lächelte noch breiter, auch wenn es ihr viel abverlangte.
„Es ist ein ganz gewöhnliches Unwetter! Die Wolken lichten sich und es nimmt ab. Wir haben uns völlig umsonst Sorgen gemacht."
Miriam stutzte etwas auf diese Aussage hin, beobachtete jedoch die Lücke in den Wolken und das Lächeln ihrer Mutter, das aufrichtig wirkte. Sie atmete etwas entspannter, als Eleonore sich erleichtert in Richtung Beifahrertür bewegte. Es mochte Erstaunen über den plötzlichen Sinneswandel sein, oder sie glaubte ihrer Mutter tatsächlich. Das konnte Eleonore nicht beurteilen. Doch als Miriam sich still und resigniert neben sie ins Auto setzte und den Motor startete, war sie zu sehr mit einem aufgesetzten Lächeln beschäftigt, um sich solchen Gedanken hinzugeben. Miriam sah sie jedenfalls nicht mehr an und fuhr wortlos an.
„Ich glaube dir..."
Eleonores Lächeln sank etwas in sich zusammen.
„... das wir nichts mehr tun können. Ich werde es nicht zeigen Mutter. Aber beleidige mich in den letzten Momenten nicht mit einer Lüge."
Eleonore sah ihre Tochter nun nicht mehr lächelnd an, sondern mit einem ununterbrochenen Tränenfluss.
„Vertraue auf deine Brüder, so wie ich es tue. Es ist möglicherweise noch nicht alles verloren."
Miriam blickte stumpf zu ihr und sagte erst einmal nichts mehr, bis sie beim Krankenhaus vorfuhren.
„Das haben wir nicht verdient."
Sie blickte in den Rückspiegel, wischte sich mit den Händen die Spuren der Tränen weg und öffnete die Fahrertür, wobei sie sich noch einmal kurz an ihre Mutter wandte.
„Ich werde stark sein. Gegen das Zittern kann ich aber nichts tun."

Eleonore strich ihr sanft über das Gesicht und nickte schluchzend.

9. Der schwärzeste Tag

Jake ging wieder in das Zimmer, in dem seine Frau lag und setzte sich neben sie. In demselben Moment trafen Kyle und Temia am Krankenhaus ein. Kyles Frau war eine zierliche Person mit leichten Sommersprossen, hell- rötlichen kurzen Haaren und strahlend grünen Augen. Sie passte zu Kyle, dem sie gut Contra zu geben vermochte. Am Empfang fragten sie nach dem Zimmer, in dem die zukünftigen Eltern untergebracht waren und Temia ging sofort hinein, während Kyle draußen wartete. Kyle war nur kurz allein, denn kurz darauf kam Jake zu ihm heraus.
„Weißt du, wo Mathew ist?"
Kyle hatte im Auto noch mit seiner Mutter telefoniert, die ihm nur sagte, dass Mathew noch etwas für sie erledigen würde.
„Mom sagte irgendwas, dass er noch etwas für sie tun müsse und dann nachkommen würde."
Jake sah kurz zum Zimmer zurück, aus dem gerade ein lautes Stöhnen zu hören war und fragte:
„Kannst du vielleicht weiter versuchen, ihn zu erreichen? Er wollte schließlich dabei sein."
„Klar,... ich kann momentan sowieso nicht viel anderes tun."
Jake war schon wieder im Zimmer verschwunden und Kyle nahm lächelnd sein Handy aus seiner Hosentasche. Amüsiert über die Tatsache, wie hektisch sein Bruder an diesem Tag war. Der Wunsch nach einem eigenen Kind, der bisher unerfüllt geblieben war, kochte in ihm hoch. Und er machte sich Sorgen um seine Frau, die die unzähligen erfolglosen Versuche emotional bereits genug aufwühlten. Es würde kein leichter Tag werden, für sie Beide. Den Gedanken abschüttelnd wählte er die Nummer seines jüngeren Bruders.

Mathew saß immer noch auf dem alten Sessel und starrte auf die Lichter, die vor ihm erschienen waren. Und als sich seine Augen einigermaßen an dieses fahle Licht gewohnt hatten, sah er, dass die Punkte Buchstaben waren, die Namen bildeten. Er stand vom

Sessel auf und ging nahe an die Wand heran. Diesmal erlosch nichts wieder oder verschwand. Er sah von oben herab und bemerkte, dass die Namen mit feinen grünlichen Lichtfäden verbunden waren und als er immer weiter herunter kam, sichtete er bekannte Namen. Die Namen, seiner Urgroßeltern, verbunden und verzweigt mit seinen Großeltern, von deren Namen wieder grüne Lichtverbindungen zu dem Namen seines Vaters führten, dessen Name mit dem seiner Mutter verbunden war. Von den Namen seiner Mutter aus, ging eine Linie herunter zu Jake, dann zu Kyle. Die Linie, die zu Mathew führte, war mit Beiden Elternteilen verbunden, ebenso wie die von Miriam. Die Namen Jake und Kyle waren außerdem noch mit denen ihrer Frauen verbunden. Und eine Linie zwischen Jake und Lilly war mit ihrem ersten Kind Chantall verbunden.

Einen Moment lang, dachte Mathew darüber nach, wer wohl dieses Kunstwerk erschaffen hatte und als er fast absolut in seinen Gedanken verschwunden war, blitzte am Namen von Jake und Lilly eine weitere Linie auf, die ihn so erschreckte, dass er zurück stolperte und in den Sessel fiel. Mit großen Augen sah er die Linie an und erhob sich nun zitternd und schwitzend von dem Sessel, ohne die Augen von der Wand zu nehmen. Hier ging etwas nicht mit rechten Dingen zu, soviel war ihm klar. Die Linie wanderte langsam an der Wand entlang und blieb schließlich stehen, wobei an ihrer Spitze ein leichtes Licht zu sehen war, das offensichtlich einen Namen bilden wollte. Mathew schluckte und plötzlich verstand er. Er steckte zitternd eine Hand in seine Hosentasche, zog hektisch sein Handy heraus und suchte in dem fahlen Licht den Knopf zum Einschalten. Er gab die Pin ein und bevor er irgendetwas tippen konnte, klingelte es. Mathew fiel das Handy aus der Hand und er schrie kurz und laut:
„Scheiße!"
Das Geräusch des Klingeltons kam ihm plötzlich viel lauter vor als sonst, da es diese absolute Stille unterbrach und das plötzliche Vibrieren tat den Rest. Es spielte die Melodie seines Lieblingsliedes, dass ihm plötzlich ungewöhnlich fremdartig

erschien. Mathew forderte sich selbst auf, sich zusammenzureißen und hob sein Handy auf. Er tippte auf das grüne Telefon und nahm es an sein Ohr.

„Mathew?"
„Ja?"
„Mann, wo bleibst du? Alle sind schon im Krankenhaus, Jake und Lilly bekommen ihr Baby, und Mom und Miriam sind auch gerade gekommen, sogar dein Vater ist hier."
Kyle sprach noch immer absichtlich nicht von Nored als <u>seinem</u> Vater, denn die beiden hatten seit einiger Zeit Streit, bei dem keiner so genau wusste, um was es ging. Noch nicht einmal die Beiden selbst, wie Mathew vermutete. Doch eigentlich war dieser Zustand nie wirklich ein anderer gewesen. Mathew antwortete nach kurzem Zögern, dass seine Mutter ihn in dieses Haus geschickt hatte und erzählte Kyle kurz, was er gerade entdeckt hatte.
„Ach komm, erzähl keinen Scheiß... leuchtende Namen, Linien, die sich selber ziehen, Lampen die von selbst angehen? Was hast du denn genommen?"
Mathew hatte nicht wirklich erwartet, dass Kyle ihm das glauben würde, doch ihm fiel ein, dass Jake den Namen seines Kindes bekannt geben wollte, sobald es geboren ist. Mathew konnte den Namen an der Wand nun erkennen und wandte sich nun wieder dem Gespräch zu.
„Kyle?"
Er musste etwas lauter rufen, denn Kyle lachte lauthals am Telefon.
„Was ist, du Fantast?"
Mathew konnte sein Grinsen sogar hören und reagierte etwas gereizt.
„Frag Jake, ob es ein Mädchen ist, wenn es geboren ist und ob es Joy heißen soll!"
„Wie bitte? Ich glaube du hast wirklich etwas genommen."
„Ich habe nichts genommen! Sag mir dann, was er geantwortet hat!"
Kyle war inzwischen das Grinsen vergangen und er verstaute sein Handy, nachdem Mathew gerade einfach aufgelegt hatte.

„Kyle,... das Baby ist da. Es ist ein Mädchen. Du kannst jetzt auch herein kommen,... Jake möchte uns den Namen sagen."

Kyle nahm seine Schwester kaum wahr, die ebenfalls mit ihrer Mutter der Geburt beigewohnt hatte. An einem normalen Tag wäre ihm sonst sicherlich aufgefallen, dass diese schwer bestürzt diese frohe Kunde mitteilte. Doch in diesem Moment war er blind für das Offensichtliche. Ebenso dafür, dass sie blass und kränklich wirkte. Er ging etwas zögerlich Richtung Geburtszimmer und öffnete die Tür. Alle standen um das Bett von Lilly herum, außer seiner Mutter und seinem Vater, die abgewandt von Allem am Fenster standen und über irgendetwas energisch flüsterten. Er sah auch Lillys Eltern am Bett stehen, die offensichtlich schon vor ihm angekommen waren. Jake sah seine Frau, die sehr erschöpft aber ebenso glücklich aussah verliebt an und nickte kurz. Dann nahm er das kleine Mädchen und sagte mit etwas erhobener Stimme:
„Darf ich vorstellen,..."
Eleonore und Nored drehten sich nun auch dem Kind zu und sahen besorgt aus, wie Kyle fand. Auch Miriam schien absolut nicht bei der Sache zu sein. Eine Tatsache, die er nur unterbewusst wahrnahm, denn auch er war mehr als nur irritiert.
„Das ist..."
„Joy?!"
Alles sah nun zu Kyle und Jake sah zu seiner Frau, die die Schultern hochzog.
„Ich hab den Namen nie vor ihm ausgesprochen und du und ich sind die einzigen, die diesen Namen kennen."
Jake wusste nicht, was er sagen sollte und seine Frau fragte schnappend:
„Bist du jetzt unter die Hellseher gegangen."
Kyle konnte nicht antworten, denn in diesem Moment fing das Mädchen fürchterlich an zu schreien und Jake gab es hilflos an seine Frau weiter. Dann klingelte erneut Kyles Handy.

Mathew zitterten wieder die Hände und er schwitze noch mehr als zuvor. Während am Handy der Wahlton ertönte, starrte er auf Joys

Namen, der immer undeutlicher wurde und zwischendurch immer wieder kurz zischend aufblitzte. Er bemerkte, dass es einer Farbe nahekam, die nur die angenommen hatten, auf diesem gewaltigen Stammbaum, die nicht mehr waren.
„Ja?!"
„Kyle, geht es dem Kind gut?"
Kyle bemerkte, dass die Sorge in Mathews Stimme echt war und er wurde auch immer nervöser, während er das Zimmer verließ.
„Wie meinst du das, was ist bloß los hier...?"
„Ich weiß nicht, was hier abgeht, aber bitte,... stehst du bei dem Kind? Ich glaube, irgendetwas ist nicht in Ordnung... Kyle???"
„Ich habe gerade einen Schrei aus dem Zimmer von Lilly gehört, bleib dran, ich laufe schnell rein."
Kyle lief so schnell er konnte wieder ins Zimmer und als er eintraf, herrschte absolutes Chaos, denn das Bett war vollkommen mit Ärzten und Familie umstellt und in einer anderen Ecke diskutierten Lillys Vater Reven und seine Frau Irina mit der Hebamme, über die sofortige Versorgung des Kindes. An der anderen Stelle richteten ein paar Schwestern einen Brutkasten her und eine andere einen Gerätekasten für Vitalfunktionen.
„Was ist hier passiert?"
Gerade als Kyle diese Frage gestellt hatte, brach ein Donner los, der so stark knallte, dass die große Fensterscheibe in dem Zimmer zerbarst. Alle hatten in Sekundenbruchteilen die Hände an den Ohren und nichts weiter als ein pfeifender Ton blieb in der sonst kläglichen Stille zurück. Außerdem wurde es in wenigen Augenblicken dunkler. Als alle zum Fenster hinsahen und ein paar Schwestern sich dorthin begaben, schlug ein Blitz in das Zimmer ein und tauchte es in gleißendes Licht. Für die Insassen war es kein Blitz. Sie sahen nur das helle Licht und konnten nicht erahnen, was für eine Zerstörung damit einherging. Nun schien alles in Zeitlupe von statten zu gehen und Kyle spürte für den Bruchteil einer Sekunde etwas, dass er seit elf Jahren nicht verspürt hatte. Er vernahm das Böse im Zimmer und er hätte sich übergeben, wenn er gekonnt hätte. Doch alles was er sah und fühlte war Licht und Feuer. Er war gebannt an die Stelle, an der er stand. Außerstande

sich zu bewegen, oder zu schreien verharrte er nur eine Sekunde, die wie Stunden dahin zog, um schließlich zu Boden geschleudert zu werden, von einer gewaltigen Druckwelle, in dem Moment, in dem das Licht noch einmal heller wurde. Kyle sah noch immer das Licht, vermutete jedoch, dass es wegen der Blendung so aussah. Er hörte auch noch einige Schreie aus der Familie und wahrscheinlich von ein oder zwei Schwestern und Ärzten. Und im selben Moment ohne etwas zu sehen spürte er einen stechenden Schmerz am ganzen Körper, schrie halb erstickt vor Schmerz und sackte bewusstlos zusammen.

10. Die Kondere Frauen

„KYLE??? Ich kann ihren Namen kaum noch erkennen. Was ist los, sag was!"
Kyle öffnete unter Schmerzen die Augen und sah auf das Handy, dass direkt neben seinem Kopf lag. Auf dem fast vollständig zerstörten Display stand Mathews Name. Kyle nahm es in liegender Position in die Hand und an sein Ohr. Der obere und untere Teil mit der Tastatur hingen kaum noch beisammen.
„Ich ruf zurück."
Kyle war nicht sicher, ob Mathew ihn überhaupt gehört oder verstanden hatte, doch er drückte das Gespräch weg und stand mit beiden Händen auf den Boden gestützt langsam auf, was ihn ziemlich schmerzte. Er war über und über mit weißem Staub bedeckt und der Hustenreiz, dem er sich dann hingab, schmerzte so extrem, dass er sich nach dem Schreck verschluckte und noch intensiver Husten musste. Den erneuten Schmerz nutzte er als Ablenkung für den anderen, der entstand, als er sich vollends aufrichtete, um sich umzusehen. Doch in diesem Augenblick wünschte er sich, es nicht getan zu haben. Er sah die zwei Schwestern, die in Richtung des Fensters gegangen waren und ihre zertrümmerten Körper, die buchstäblich vom Blitz erschlagen worden waren und gekrümmt, ebenso wie grotesk friedlich wenige Meter vor ihm auf dem Boden lagen. Seine Augen weiteten sich. Er hatte Angst sich seiner Familie zuzuwenden, doch er musste wissen, wie es ihnen ging und tat es. In dem selben Moment schwang mit einem Ruck die Tür zum Zimmer auf und eine kleine untersetzte Krankenschwester stürmte herein, dicht gefolgt von einigen Stationsärzten und Schwestern. Diese scharten sich um seine Familie, deren Mitglieder im gesamten Zimmer herumlagen, während die Schwester die Hände auf den Mund legte, als sie die zwei anderen vor dem Fenster erblickte.
„Um Himmels Willen, was ist hier bloß passiert?"

Doch Kyle kümmerte sich nicht um die kleine Krankenschwester, die jetzt direkt auf ihn zuging, sondern sah auf die Körper auf dem Boden, die um das Bett herum lagen. Dann traf ihn eine weitere schmerzliche Erkenntnis.
„Wo ist meine Frau?"
Kyle sah sich vollkommen entsetzt um und erkannte die schmerzliche Wahrheit, dass sich in diesem Zimmer kein einziges weibliches Mitglied seiner Familie mehr befand. Außer Irina, Lillys Mutter, war keine Frau mehr in diesem Raum zu sehen. Er ging in Richtung seines Bruders, der verkrümmt am Boden lag und schlug ihm auf die Backe, um ihn zu Bewusstsein zu bringen, während die Schwestern und Ärzte, die inzwischen den Raum betreten hatten, die Anderen versorgten. Jake öffnete zögernd die Augen und sah zu Kyle auf, dessen Augen in Tränen standen.
„Wa... Was ist passiert?"
Kyle schluckte und sah sich um.
„Ich weiß es nicht, aber du musst mir helfen."
„Wobei?"
„Wir müssen unsere Frauen suchen."
„WAS?"
Jake sprang sofort auf, was auch bei ihm enormen Schmerz hervorrief, doch erst als er das leere Krankenbett sah, ließ er dem Schmerz freien Raum. Er riss die Decke vom Bett, als könnte sie sich unter einer aufgeschlagenen Falte versteckt haben und dann warf er das komplette Bett um, während ihm Tränen nun komplett die Sicht nahmen. Kyle sah seinen Bruder zum ersten Mal weinen, nach sehr langer Zeit und in diesem Moment fasste er einen klaren Gedanken. Er nahm sich einen Arzt auf die Seite und er fragte voller Hoffnung:
„Habt ihr meine Schwägerin in der Zeit als wir bewusstlos waren verlegt? Sind meine Frau, Schwester und Mutter bei ihr, kann das sein?"
„Bitte entschuldigen sie, aber gleich nachdem wir diese Explosion hörten, sind wir in das Zimmer gerufen worden und in dieser kurzen Zeit kann unmöglich eine Verlegung stattgefunden haben.

Vielleicht wurde sie kurz vor diesem Vorfall verlegt und der Schock hat sie das vergessen lassen."
Kyle gab die Hoffnung nicht auf und fragte sich kurz, ob das nicht vielleicht tatsächlich der Fall gewesen sein könnte, doch seinem Bruder musste es ja dann auch so gehen. Kyle spurtete zur Tür und hörte den Arzt noch etwas rufen, dass wie `lassen sie sich erst untersuchen´ klang. Kyle lief unbeeindruckt und entschlossen geradewegs auf die Information zu und rannte dabei fast eine Schwester um.
„Bitte sagen sie mir, in welches Zimmer Frau Kondere verlegt wurde."
Die Schwester sah Kyle verdutzt an, doch zögerte nicht, seiner Frage nachzugehen. Verstohlen blickte sie den über und über mit Staub bedeckten Mann vor sich immer wieder an, als gehöre dieser in eine Anstalt.
„Frau Kondere befindet sich nach wie vor in Zimmer 214."
Kyle sah ungläubig über den Tresen hinweg zu ihr herunter.
„Wurde die Verlegung vielleicht noch nicht erfasst?"
„Es tut mir leid Herr Kondere, aber ich habe dieses Zimmer direkt in meinem Blickfeld und bis jetzt gerade sind nur Leute in dieses Zimmer hineingegangen. Die einzige Person die das Zimmer seit dem Krawall verlassen hat, sind Sie. Was ist überhaupt passiert? Sie sehen furchtbar aus."
Kyle ignorierte auch diese Schwester und ging alle Möglichkeiten in seinem Kopf durch. Er wurde von Sekunde zu Sekunde verzweifelter. Er fragte die Schwester auch noch nach seiner Frau und beschrieb diese sogar, doch die Antwort blieb die Gleiche. Er ging ohne es wirklich wahrzunehmen zurück in das Zimmer und sah einen kleinen Augenblick dem chaotischen Getümmel zu, das in dem Zimmer herrschte, neben seinem Bruder, der über das Bett gebeugt war und entsetzt in die Luft starrte. Daneben noch am Boden liegend sein Vater, der immer noch nicht zu sich gekommen war, obwohl eine Schwester sehr damit bemüht war, das zu ändern.

In der Ecke, in der das klaffende Loch in der Wand ragte, waren ein Arzt und eine Schwester damit beschäftigt, die Leichen der beiden

Schwestern zu bedecken und dabei alle Körperteile zu erreichen. Die Sicht aus dem Loch in der Wand war ebenso erschreckend. Der prassende Regen wurde auch teilweise vom Wind in das Zimmer getragen und so bildete sich eine größer werdende Wasserlache, die sich langsam im Zimmer ausbreitete. Der Himmel außerhalb war so dunkel, dass man meinen mochte, die Nacht wäre hereingebrochen. Doch es war erst später Nachmittag. Ebenso verstörend war Reven, Jakes Schwiegervater, der so unter Schock stand, das er nicht mehr aufhörte, zu schreien. Kyle wollte sich wieder abwenden und aus dem Zimmer verschwinden als Jake ihn halb erstickt aufhielt.
„Hast du irgendetwas erfahren?"
„Nein!"
Jake blickte in die Dunkelheit vor dem Fenster und wandte sich wieder seinem Bruder zu, nachdem er beinahe abwesend etwas bemerkte, an das Kyle eigentlich gar nicht erinnert werden wollte.
„Hast du es auch gespürt..."
Eine kurze Pause und ihm war anzusehen, wie ihn seine eigenen Worte schaudern ließen. Seine Stimme zitterte.
„Es war wie..."
Kyle hatte die Feststellung seines Bruders mit einem hektischen Nicken unterstrichen. Hierzu musste nichts mehr gesagt werden.
„Was ist hier bloß los?"
Kyle traf es wie ein Schlag, als Jake diese Frage stellte und er zog sein Handy aus der Tasche. Dieses war jedoch total zertrümmert und ließ sich auch nicht mehr provisorisch bedienen.
„Jake?, ...hast du dein Handy zufällig dabei?"
Jake holte seins heraus, sah kurz aufs Display und warf es Kyle zu.
„Funktioniert noch. Wen willst du anrufen?"
„Mathew."
„Warum? Willst du ihm die schlechte Nachricht überbringen?"
„Ich fürchte, er weiß es schon."
Jake fragte gar nicht erst und schlug sein Gesicht wieder ins Kissen. Die Ärzte und Schwestern hatten Reven und Nored inzwischen auf Rollwagen verfrachtet und waren dabei sie aus dem Zimmer zu transportieren. Einer der Ärzte erzählte Jake dann, das

Reven psychologisch betreut werden würde und sein Vater offensichtlich einen Herzinfarkt hatte. Jake schüttelte den Kopf und sagte nichts mehr, auch als der Arzt ihn fragte, ob er eventuell auch mit einem Psychologen sprechen möchte. Kyle war derweil aus dem Zimmer gegangen, um das angekündigte Telefonat zu führen und drückte zitternd die Tasten des Handys.

Mathew versuchte jedoch gerade genau dasselbe und deswegen hörten beide selbst nach mehreren Versuchen immer nur ein Besetztzeichen. Beide gaben auch zum selben Zeitpunkt auf und packten die Handys weg. Mathews Magen rebellierte. Er hatte ein unangenehmes Gefühl und verspürte eine Angst, die er seit Jahren nicht verspüren musste. Er spürte jemanden, den er lieber vergessen hätte. Er spürte eine düstere Verheißung und wurde an einen Satz aus seiner Kindheit erinnert, den ihm ein Schatten ins Ohr geflüstert hatte.
„...du kannst die Frauen in deiner Familie nicht ewig schützen."
Mathews Nackenhaare stellten sich auf.

Er sah wieder zur Wand, die er seit der ganzen Zeit stets immer wieder ansah, da sich dort in der kurzen Zeit einiges verändert hatte. Er hatte mit seinem Handy ein Foto von der Wand gemacht, bevor es zu massiven Veränderungen gekommen war. Mathew befürchtete das Schlimmste, als er die Namen aller weiblichen Familienmitglieder immer undeutlicher werden sah. Das er jetzt seinen Bruder nicht erreichen konnte, machte die ganze Geschichte nicht besser. Er war ziemlich unentschlossen, was er nun tun sollte und drehte sich deswegen von der Wand weg, um klar denken zu können. Er ging um den Sessel herum und blickte im leicht erhellten Raum umher. Er kam an der Treppe an, die er schon beim Betreten des Raumes gesehen hatte. Diese befand sich nur einige Meter vom Sessel entfernt, gegenüber der Wand mit dem Stammbaum. Mathew hatte den Sturm vollkommen vergessen und dachte nun wieder an seine eigentliche Aufgabe, die ihn hierher geführt hatte. Er sah kurz zu dem pulsierenden Licht des Stammbaumes herüber, das nun plötzlich rötlich wurde und an den

Stellen, an denen die weiblichen Familienmitglieder standen fast keines mehr aussandte.

Das kann doch alles nicht wahr sein. Ich muss das träumen. Wieso hat Mom mich hierher geschickt? Sollte ich diesen schlechten Scherz etwa miterleben. Wusste sie überhaupt davon?

Mathew rieb sich die inzwischen schmerzende Stirn und blickte die Treppe hinauf. Eine Ablenkung wäre jetzt sicher das Beste und die Fenster im Obergeschoss hatte er noch nicht gecheckt. Er stieg hinauf und als es fast zu dunkel war, um weitere Stufen zu erkennen, ging eine kleine Leuchte im Treppengang an, die Mathew stark erschreckte, da seine Gedanken immer noch schwindelerregend kreisen. Und als er auf diese blickte, hätte er schwören können, einen Schatten am oberen Treppenansatz gesehen zu haben. Er fiel beinahe rücklings wieder herunter.

Verdammt! Reiß dich zusammen!

Er stand nun im Treppenhaus, in dem sich die Treppe ins Erdgeschoss befand, ebenso wie die, die auf den Dachboden im zweiten Stock führte. Die Treppe zum Dachgeschoss nicht beachtend, ging er zur Tür, die sich direkt links neben der Treppe befand, vorbei an weiteren Bildern von Ahnen und verstorbenen Verwandten. Ebenso wie im Flur unten waren die Wände oben mit aufwendig verzierten Stuckleisten geziert. Das allein war relativ sympathisch, die dunkle Farbe in der die Wände gestrichen waren, war es jedoch nicht.

Er öffnete die Tür und der Blick in ein helles und freundliches Schlafzimmer mit Doppelbett wurde frei. Es machte den Eindruck, als sei er in ein anderes Haus getreten und er sah auf das große Fenster, dass sich direkt über dem großen Ehebett befand. Das Bett selbst war mit zahlreichen Kissen und einer bunten Steppdecke versehen. Er blickte erstaunt alles an und musste sich daran erinnern, den Raum zu betreten. Am Fenster schlug der Regen böig an und der Wind ließ die Bäume, die noch gut in der Dämmerung zu erkennen waren, unheimlich tanzen. Links neben dem Bett stand eine ihm abgewandte Couch, auf der leicht fünf Personen Platz hatten. Daneben, zwischen Bett und Couch ein antiker dreibeiniger Rundtisch, auf dem ein reich verzierter Aschenbecher stand. Mathew vermutete mal, dass es ein Aschenbecher war, doch er war auch nicht gewillt, in diesem Haus etwas näher zu beleuchten, sollte das Zimmer auch noch so freundlich erscheinen. Die dunkelbraune Couch mit goldenen Nähten, stand dem Kamin gegenüber, der hier an selber Stelle stand, wie ein Stockwerk tiefer. Er setzte sich nicht, um zu testen, ob er auch hier anginge, sondern zog für den Bereich, den die Funzel im Treppenhaus nicht erleuchtete, oder das Fenster, seine Taschenlampe vom Schlüsselbund vor. An der Couch vorbei, kam er zu einer weiteren Tür, die gegenüber dem Rücken der Couch in der Wand eingelassen war. Er trat hindurch und fand sich in einem weiteren hellen Zimmer, dass durch ein Fenster aus der Wand links von ihm beleuchtet wurde. An der Wand gegenüber der Tür standen zwei Doppelstockbetten, die offensichtlich Kindern gehört hatten. An den Wänden neben den Betten war jeweils ein Regal eingelassen auf dem schlichte, verstaubte Holzspielzeuge standen, die Mathew spontan ins vorherige Jahrhundert eingeordnet hätte. Die Betten selbst waren mit weißer Bettwäsche bezogen und machten wie der Rest des Zimmers einen relativ sterilen und wenig einladenden Eindruck. Da das Fenster auch hier geschlossen war, hielt sich Mathew dort nicht weiter auf und ging zurück in das Elternzimmer. Er drehte sich um und stand einer schwarzen, kaum sichtbaren Gestalt gegenüber, was ihn aus Reflex kurz aufschreien ließ, wobei er seinen Schlüssel fallen ließ und rückwärts zu Boden fiel. Doch als er wieder hinsah, war dort nichts mehr, als das erschreckende Gefühl, dass sich etwas vertraut bösartiges entfernte.

Scheiße! Was war das denn? Ich muss mich wohl nicht richtig an die Dunkelheit gewohnt haben und mir etwas eingebildet haben,... So hoffte er zumindest. Doch es war Wunschdenken.

Mathew setzte sich auf und war gerade dabei aufzustehen, als ihn ein grausamer Schmerz in der Brust aufmerksam machte. Er konnte verschwommen eine wabernde und beinahe rauchähnliche Hand aus selbiger ragen sehen. Der Schrei, der darauf folgte war laut und voller Pein, ebenso wie das Gefühl, dass daraufhin einsetzte. Niemals zuvor hatte Mathew so etwas verspüren müssen. Eine Empfindung voll körperlichem und auch seelischem Schmerz. Gepaart wurden zugleich absolute und in der Art der Wahrnehmung unnachahmliche Angst, mit in der Tiefe jeder Faser seiner Muskeln und Sehnen verspürter folternder Pein. Dies war ein Moment so grausam vollkommener Folter, dass sie nur ein Geschöpf aus einer anderen Daseinsform vollbringen konnte. Denn es waren unmenschliche Empfindungen. Das Böse selbst war dort am Werke und Mathew würde jeden Moment den Verstand verlieren, oder sterben, dass wusste er, obwohl in Gedanken vollends in den Gefühlen dieser endlosen Sekunden des Schmerzes gefangen. Dann endete es ganz plötzlich und die Hand zog sich aus Mathews Körper zurück. Sofort überkam ihn absolute Kälte, zusammen mit fieberschubartigen Schweißausbrüchen und Mathew übergab sich krampfartig. Dafür hatte er sich in seiner verkrampften Haltung zur Seite gerollt und nun lag er ausgestreckt auf dem Rücken nahe der Couch im Elternschlafzimmer. Seine Kleidung nasskalt voll geschwitzt und teilweise mit Erbrochenem bekleckert. Vor seinen Augen tanzten Sterne und graublaue Punkte, die er versuchte weg zu blinzeln. Doch statt Erleichterung zu erfahren, meldeten sich gleich darauf stechende Schmerzen in Schläfen und Augenhöhlen. Er war vollkommen erschöpft. Nur die Angst hielt ihn davon ab, das Bewusstsein zu verlieren. Er stöhnte und schnaufte, während sich seine Muskeln und sein gesamter Körper noch immer an den Schmerz zu erinnern schienen. Er legte sich eine Hand auf die verschwitzte Stirn und hoffte, dass ein wenig Druck für Erleichterung sorgen würde, als plötzlich ein Geräusch erschallte, von einem rauschenden Mantel, wie es klang. Und zugleich konnte Mathew die Präsenz seines Peinigers wahrnehmen. Seine Furcht vor einer zweiten Runde war maßlos und Mathew betete nach langer Zeit wieder. Wie aus einem Reflex und an das letzte bisschen Glauben festhaltend, in der Hoffnung dies würde etwas bringen, betete er still zum Himmel. Jeden Zweifel außer Acht lassend und nur daran denkend, dass er diesem Bösen möglicherweise nur auf diese Weise die Stirn bieten konnte, flehte er Gott um sein Leben an. Doch leises Gelächter erschallte und seine Hoffnung war dahin.

„Mathew! Mathew... mein Nachfahre. Du bist nicht würdig, mir Widerstand zu leisten. Du wirst es nicht schaffen, deine Mutter, Schwester und Cousinen zu retten. Du wirst versagen. Ihr alle werdet versagen."

Auf dem Boden liegend und mit weit aufgerissenen Augen starrte Mathew in ein formloses Gesicht aus Rauch und Schatten. In Augenhöhlen, die die Finsternis selbst in sich trugen, während sie über ihn schwebten und ihn verhöhnten, mit einem Gesicht unnatürlich langgezogen und nur geformt wie eines. Doch von jeder Menschlichkeit losgesagt, nur seinem eigenen Wahnsinn zugewandt, war dies nicht mehr im Geringsten einem Menschen ähnlich. Das Zwielicht der Abendstunden schien in absolute Finsternis gewandelt worden zu sein und der Schatten über Mathew verblasste. Er wurde allein sich selbst und seiner Furcht überlassen. Als er dessen gewahr wurde, übergab er sich noch einmal und fiel vollkommen erschöpft in Ohnmacht.

„Ok... kann man Sie unter dieser Nummer immer erreichen? Es ist wichtig, falls es noch weitere Fragen gibt, oder Neues bezüglich Ihrer verschwundenen Familienmitglieder."
Jake hatte dem Polizeibeamten seine Handynummer gegeben, da das von Kyle nun tatsächlich vollends zerstört war. Er nickte nur und wandte sich von dem Polizisten ab. Beim Gehen vergewisserte er sich noch, ob der Polizist außer Reichweite war und wandte sich Kyle zu.
„Sie glauben uns kein Wort."
„Würdest du das denn? Ich glaub ja selbst nicht, dass sie einfach so verschwunden sein sollen."

„Die waren überraschend schnell hier, was?"
Kyle nahm die Aussage mit einem Nicken zur Kenntnis, antwortete jedoch nicht, sondern schlug die Hände vor sein Gesicht und schloss erschöpft die Augen. Er lehnte sich an die Wand im Flur der Entbindungsstation und Jake gesellte sich zu ihm.
Beiden waren die letzten Stunden ins Gesicht geschrieben. Nicht nur die rot unterlaufenen Augen wiesen auf ihre Verzweiflung hin. Man hätte als Außenstehender angenommen, sie seien innerhalb weniger Stunden um Jahre gealtert. Auch wenn sie es sich nicht anmerken lassen wollten, waren beide am Boden zerstört, was den Tag, der eigentlich ein freudiger sein sollte, nur umso unerträglicher machte.

Kyle packte Jake am Arm und zog ihn zu sich.
„Hast du Mathew erreichen können?"
„Ich hatte keine Gelegenheit mehr. Der andere Bulle hat mich die gesamte Zeit hinweg ausgequetscht und nicht aus den Augen gelassen."
Kyle nickte und senkte den Kopf.
„Nun... wäre das Gespräch ähnlich verlaufen, wie die zwei zuvor mit ihm und mir, hätten sie dich vermutlich in eine Anstalt gesteckt."
„Was meinst du hat er gesehen?"
„Ich weiß es nicht. Aber ich werde genau nachfragen, wenn ich ihn sehe. Ich bin mir nicht mehr sicher, ob das nicht alles ein dummer Albtraum ist."
Er schob sich geknickt an Jake vorbei und stammelte:
„Lass uns zu unserem Elternhaus fahren und hoffen, dass er da ist."

Als Mathew zu sich kam, war der erste Reflex der Griff an die Brust. Er konnte die Hand noch immer spüren. Ein eiskalter Schauer lief ihm über den Rücken. Seine Taschenlampe lag flimmernd neben ihm und seine Aufmerksamkeit wandte sich der Uhr auf seinem Handy zu. Er war nur ein paar Minuten bewusstlos gewesen. Mathew vermutete, dass es ein Schutzmechanismus seines Unterbewusstseins war. Er war froh darum und erhob sich mit lautem Stöhnen, als jeder einzelne seiner Muskeln rebellierte. Kein einziges Licht leuchtete mehr in dem Haus, als Mathew es eilig durchstreifte, um es schnellstmöglich hinter sich zu lassen. Als er an der Treppe vorbeikam, die in das Dachgeschoss führte, zögerte er kurz. Doch sein Entschluss stand fest.

„Ach scheiß drauf. Und wenn der Sturm die gesamte Bude wegreißt, weil dort oben ein Fenster noch offen steht. Ich werde dort ganz bestimmt nicht hoch gehen."

Er stieg hektisch die Treppe hinunter und unten angekommen blickte er kurz auf die immer schwächeren Namen, die rot pulsierend aufleuchteten, bevor er zur Tür des Raumes ging, die in die Bibliothek führte. Als er sah, dass sie plötzlich offen stand, blickte er hektisch im Raum hin und her und wieder zur Tür. Er hatte wieder dieses Gefühl, dass er nur kannte, wenn er sich Sorgen machte, die nicht von dieser Welt waren. Sein Hals fühlte sich an, als würde etwas drinstecken und er hatte einen flaumigen, fast metallenen Geschmack im Mund, während sein Herz fast hörbar schlug. Er ignorierte das Gefühl so gut er es vermochte und schluckte mehrfach, während er auf die Tür zuging. Der Geist seines Vorfahren, wenn denn stimmte, was dieser gesagt hatte, wollte offensichtlich, dass Mathew sich seiner Anwesenheit gewahr war. Der Versuch ihm Angst zu machen, war sehr erfolgreich. Mathew ging zögernd durch den Türrahmen und als er ihn passiert hatte, stieß die Tür plötzlich unter lautem Krachen zu und das Schloss verriegelte sich selbstständig. Mathew hätte liebend gern einige Flüche ausgestoßen, doch diese Zeit wollte er sich nicht nehmen und rannte entschlossen los, um in den Flur zu gelangen. Dort angelangt passierte das selbe mit der Tür, die sich dort befand und Mathew griff hektisch seinen Mantel, wobei er den Ständer, an dem er hing umriss. Er zögerte erneut, ließ ihn jedoch dann liegen und schritt durch die Tür des Hauses, durch die der Wind fegte. Er wusste ganz sicher, dass er sie nicht offen gelassen hatte und er glaubte beinahe, dieses Haus selbst wollte ihn rausschmeißen. Sein

Verdacht erhärtete sich, als sich die Haustür hinter ihm ebenfalls schloss und selbst verriegelte.

„Kein Mensch wird mich je wieder in dieses Haus bekommen."

Er stieg in sein Auto ohne noch einmal auf das Haus zu blicken, dass nun in vollkommener Dunkelheit hinter ihm stand. Der Sturm machte es ihm nicht einfach, seine Autotür zu öffnen und sein Auto sprang auch nicht gleich an. Doch als es soweit war, schleuderte er durchs Gas geben, eine meterhohe Schlammfontäne in die Luft und raste ungeachtet aller Sicherheit Richtung Elternhaus, an dem er noch schnell vorbeischauen wollte, bevor er ins Krankenhaus fahren würde. Er fühlte sich krank nach allem, was geschehen war und vor allem müde. Doch er würde ganz sicher keinen Schlaf finden, solange die Ungewissheit in ihm war, über die Dinge, die im Krankenhaus geschehen waren.

11. Tränen

„Wir müssen noch einmal versuchen ihn zu erreichen!"
Kyles Worte wirkten gehetzt und mehr als dringlich. Und obwohl auch Jake den Drang nachvollziehen konnte, Mathew diese furchtbare Nachricht zu übermitteln, so verstand er nicht, warum Kyle es unbedingt jetzt tun musste. Sie gingen gerade in einem längeren Korridor, der zum Ausgang des Krankenhauses führte und Kyle sah nicht zu seinem Bruder, während er dessen Handy überreicht bekam und anfing zu wählen.
„Es geht nicht darum, es ihm zu sagen. Es geht darum, was er gesehen hat. Ich glaube, dass unser Bruder schon vor uns die Zeichen für dieses merkwürdige Ereignis sah."
Jake blieb abrupt stehen und sah seinen Bruder wortlos wie auch entsetzt an. Kyle jedoch hob beschwichtigend die Hand.
„Nein, Nein! Nicht so wie du denkst. Wir hätten so etwas niemals vorhersehen können. Ich erkläre es dir auf dem Weg zu unserem Elternhaus."
Obwohl er schon zuvor nicht ganz verstanden hatte, worauf Kyle hinaus wollte, als es um Mathews seltsame Aussagen ging, bohrte er nicht weiter nach. Wenn er nicht selbst so machtlos gewesen wäre, hätte er sich sofort auf die Suche nach seiner Frau und seinem Kind gemacht. Doch wo sollte er anfangen zu suchen. Auch wenn es eine Verzweiflungstat gewesen sein mochte, zuerst zu Mathew zu fahren, so wollte er jede Chance nutzen, Gewissheit zu erlangen. Der Zweifel diesbezüglich war jedoch erdrückend.

Der Sturm hatte ein wenig nachgelassen und obwohl heilloses Durcheinander in dem Krankenhaus, seit diesem schrecklichen Vorfall herrschte, bekam offensichtlich keiner die Abreise der zwei einzigen vernehmbaren Zeugen mit. Beide waren nicht bereit, ihren Tag mit weiteren Befragungen zu verschwenden, wenn es keine Antworten gab. Und als ob beide Brüder denselben Gedanken hatten, blickten sie sich an und Kyle kam seinem Bruder zuvor.

„Der Schatten in meinem Zimmer, als wir den Pakt schlossen! Was gäbe es für eine Erklärung, als diesen Vorfall? Erinnerst du dich noch, was er zu Mathew gesagt hat?"
Jake nickte knapp und man sah ihm an, dass ihm diese Erinnerung noch nach all den Jahren Unbehagen bereitete.
„Du wirst die Frauen in deiner Familie nicht ewig schützen können..."
Beide schwiegen nun und gaben sich bis zum Auto ihren eigenen Gedanken dazu hin. Jake versuchte derweil vergeblich weiter Mathew zu erreichen, während Kyle sich an das Steuer begab und den Weg zum Elternhaus einschlug.

Aus irgend einem Grund wusste Mathew, dass seine Brüder zu ihm kommen würden. Er hatte es gesehen. Wie, das wusste er nicht. Doch seit er wieder bei Bewusstsein war, waren seine Sinne auf höchster Stufe und sein Herz schlug im Rhythmus eines Presslufthammers, ohne Unterlass. Irgendwie sah er die Welt anders. Doch ihm fiel es nicht sonderlich auf, denn seine Aufmerksamkeit galt anderen Dingen. Besonders der Sorge um seine Familie. Ihm war schon beinahe klar, welche Nachrichten seine Brüder überbringen würden. Der Akku seines Handys war leer und er hatte es gerade an das Netzteil angeschlossen, als Kyles Auto in der Einfahrt vorfuhr. Seine Angst war zu einem massiven Gebäude in seinem Geist geworden. Er konnte nicht aufhören zu zittern. Selbst seine Beine zitterten sichtbar. Er war gleichzeitig extrem geschwächt und stark aufgekratzt. Und doch fühlte er sich außergewöhnlich lebendig, als könnte ihn gerade jetzt nichts mehr erschüttern. Dass dies jedoch nicht so bleiben würde, hatte er geahnt. Er verwarf den Gedanken, als seine Brüder hereinkamen und ihn ebenso besorgt, wie beängstigt ansahen, wie er selbst es war. Kyle ging geradewegs auf ihn zu und ergriff das Wort.
„Was hast du gesehen?"

Das Gespräch ging über mehrere Stunden. Es dauerte noch weit länger, als die Erzählungen allein, denn es wurde von vielen Vermutungen und Ideen, Diskussionen und Fragen genährt. Bis

spät in die Nacht hinein saßen sie so rätselnd und manchmal auch schweigend im Wohnzimmer des Hauses und als Mathew gerade aus der Küche kam, mit Kaffee und Gebäck, hatten seine Brüder einen Entschluss gefasst.
„Wir werden uns dieses alte Haus noch einmal ansehen. Wenn dieser Baum schon vor uns erkannte, was geschehen würde, gibt es zwischen diesem Haus und den Vorfällen einen Zusammenhang."
Mathew hätte beinahe den Kaffee fallen gelassen.
„Bei Nacht? Habt ihr mir zugehört?"
Sie redeten noch eine kleine Weile darüber und tranken den mehr als nötig empfundenen Kaffee. Jake meinte, dass es gut durchdacht sein sollte und so berieten sie noch ein wenig darüber, was nötig sein würde, um nicht dermaßen in der Falle zu sitzen, wie zuvor Mathew. Und nur wenige Minuten danach obsiegte die Vernunft. Sie alle mochten fest entschlossen gewesen sein, dieser Geschichte auf den Grund zu gehen. Doch bisher hatte sie der Schock über die erlebten Ereignisse ihre körperlichen Grenzen vergessen lassen. Nun aber, während sie im Wohnzimmer des Elternhauses saßen und zumindest der Körper ein wenig zur Ruhe kam, überkam sie alle die Erschöpfung. Es war bereits Morgen, als sie sich voneinander verabschiedeten und Mathew seinen Brüdern an der Haustür hinterher winkte. Sie hatten beschlossen, erst einmal ein paar Stunden zu schlafen, bevor sie überstürzt und völlig übernächtigt irgendwelche Dinge taten, die möglicherweise unüberlegt ins Nichts führten. Ihnen Allen fehlte weder Mut noch Vernunft. Denn was es auch gewesen sein mochte, das Mathew in dem Haus überfiel, es war für die drei ebenso real, wie die Nacht in ihrer Kindheit.

Sie einigten sich darauf, dass man sich noch am selben Tag melden würde und weitere Vorgehensweisen besprechen würde. Mathew verschloss die Haustür, wandte sich um und ging wie mechanisch gesteuert in das Wohnzimmer zurück. Dort sah er im Halbdunkeln die drei Katzen schlummern, von denen eine zu ihm sah und leise maunzte. Dann fing Mathew fürchterlich an zu weinen und all der Schmerz brach aus ihm heraus unter Schreien und Klagen, wie er es nie zuvor getan hatte. Er fiel auf die Knie und das krampfartige Schluchzen schüttelte ihn, bis er auf den Boden sackte und erschöpft, sowie tränenleer auf Selbigem einschlief.

Jake war direkt, nachdem er abgesetzt worden war, in das Schlafzimmer von Chantal gegangen. Nun saß er mit dem Lieblingsstofftier seiner Tochter vor ihrem Kleiderschrank auf dem Boden und die erste Träne rollte über seine Wange. Ohne seine Augen zu schließen, oder zu Schluchzen folgten weitere, während er vollkommen still das Bett seiner Tochter anstarrte. Er blickte auf die Feentapete darüber, die große hölzerne Truhe daneben, in der und auf welcher all ihre Stofftiere und Puppen verstaut waren. Und schließlich sah er zum kleinen Schreibtisch, auf dem kreuz und quer Buntstifte, Wachsmalkreide und farbenfrohe Bilder verteilt lagen. Überall konnte er sie umher tollen sehen. Sah sie vertieft und mit der typisch verkrampften Fingerhaltung Bilder malen, die seine Frau ihr schon so oft abgewöhnen wollte. Und er sah sie im Schlafanzug auf ihn zugehen, bereit in ihr Bettchen zu gehen, voller Vorfreude auf die Geschichte, die Jake ihr vorlas, wenn er konnte und den Gute-Nacht-Kuss, den sie von ihrem geliebten Vater bekam. Dann stand er auf, noch immer das Stofftier seiner Tochter im Arm und ging ein Zimmer weiter in das Babyzimmer, dass er und seine Frau liebevoll eingerichtet hatten. Sein erster Blick fiel auf das schwebende Dekor über dem Bett des Babys. Es bestand aus verschieden farbigen Schmetterlingen, die umeinander tanzten und dabei eine leise klingelnde Melodie spielten. Es hatte schon bei Chantal über dem Babybettchen gehangen. Jake betrat dieses Zimmer nicht, dafür war der Schmerz zu groß. Weiterhin flossen ununterbrochen Tränen über sein Gesicht, ohne das auch nur ein leises Schluchzen von ihm zu hören war. Er wandte sich von dieser schmerzenden Umgebung ab und begab sich in das Schlafzimmer von ihm und seiner Frau. Er ging um das Bett herum, auf die Seite seiner Frau und fiel auf die Knie. Dann mischten sich Tränen mit all seinen anderen Emotionen und er schlug keuchend mit dem rosa Teddy auf das Kopfkissen seiner Frau ein, bevor er es wieder an seine Brust drückte und er in das

Kissen schreiend weinte, bis nur noch die Müdigkeit dies zu stoppen vermochte und er erschöpft einschlief.

Kyle konnte nicht besonders weit sehen, doch er folgte dem Drang weiter zu gehen. Irgendetwas sagte ihm, er dürfe nicht stehen bleiben. Er spürte eine tiefe Dringlichkeit, dem düsteren Gang weiter zu folgen. Es war ein Gewölbe, oder auch ein Schacht. Auf jeden Fall waren die Oberkanten der Decke von Spinnweben abgerundet worden. Zudem roch es widerlich modrig und eine klebrige Feuchte lag in der Luft. Dennoch hörte er gar nichts. Beinahe ebenso wenig konnte er sehen. Er ging einfach unbeirrt und sein schlechtes Gefühl ignorierend weiter, als würde eine Antwort auf seine vielen Fragen am Ende dieses Tunnels auf ihn warten. Zuerst war der Gang einfach nur ein aus Stein gehauener Durchgang, doch nun waren an den Seiten Türen angebracht, die in seltsame nicht einsehbare Verschläge führten. Kyle schritt nun so gut in der Mitte des Ganges voran, wie er konnte. Aber für ein Gefühl der Sicherheit reichte es keineswegs. Dann schließlich sah er ein flackerndes Licht am Ende des Korridors unter einer eisern beschlagenen Tür durchdringen. Er beschleunigte seinen Schritt und ein Teil von ihm warnte ihn, während ein anderer ihn dort hin zog, wie die Motte in das Licht. Und als er beinahe bei der Tür war, schrie er gepackt von eiskaltem Grauen auf. Eine schwarze Hand hatte nach seinem Arm gegriffen. Wie aus dem Nichts war sie aus einem der hölzernen Verschläge an den Seiten des Ganges hervor gekommen. Sie war alt und ein wenig zersetzt, wie die eines alten Mannes, der schon unter der Erde gelegen hatte. Doch der Griff selbst war der eines lebenden Leistungssportlers. Kyle konnte sich nicht losreißen und schrie vor Schmerzen, die seinen Arm hinauf krochen. Er wollte die Hand greifen und jeden Finger davon einzeln lösen, doch schon die erste Berührung dieser löste einen weiteren intensiven Stich in seiner anderen Hand aus und er stemmte sich mit dem Fuß gegen das hölzerne Gitter des Verschlages, um sich mit Hebelkraft aus dem Griff zu lösen. Dabei keuchte er nach Luft ringend vor Anstrengung, dem Schmerz nicht die Kontrolle zu überlassen. Und als er schon fluchte und schrie

man solle ihn gefälligst loslassen, geschah dies plötzlich wirklich, wobei Kyle das Gleichgewicht verlor und rücklings gegen den Verschlag hinter sich prallte. Dabei stieß er sich den Kopf an und fiel dumpf auf seinen Steiß. Er musste sich erst fangen und die Sterne weg blinzeln, die vor seinen Augen hochgekommen waren, bevor er sich überhaupt bewegen konnte. Doch da war noch immer diese Dringlichkeit, die ihn beinahe vergessen ließ, was er gerade empfunden hatte und er richtete sich stützend auf, wobei er sich jedoch noch festhalten musste. Dann geschah etwas, dass ihn sowohl Stimme als auch beinahe Verstand zu rauben drohte. Die Hand war wieder da. Doch dieses Mal war sie aus dem Verschlag hinter Kyle hervor geschossen und hatte einen kompletten nach Leiche stinkenden Arm um seinen Hals gelegt. Kyle saß im Feuer einer kalt-heißen Umarmung des Todes fest und keuchte wild fuchtelnd um sein Leben. Eine zweite Hand erschien. Diese fasste sein T-Shirt und zog es nach oben, bis Kyles gesamter Oberkörper freigelegt war. Die Hand schob es über seinen Kopf und stieß gnadenlos zu. Wie in einem Topf Pudding verschwand die Hand in seinem Torso und rührte voll sadistischem Amüsement darin herum. Kyle konnte nun selbst die Umklammerung seines Halses nicht mehr davon abhalten zu schreien, wie er es noch nie zuvor getan hatte. Solches Leid hatte er sich in seinen schlimmsten Träumen nicht vorstellen können. Dann ließ es plötzlich nach und Kyle fiel losgelöst und gebadet in kaltem Schweiß zu Boden. Dies war eindeutig die Berührung des Todes, dessen war Kyle sich sicher. Geschmack von Eisen und bitteren Ekels breiteten sich in seinem Mund und Rachen aus. Dann sprach eine grausame Stimme, die voll von überheblichem Trotz klang und nachhallte.
„Ihr könnt sie nicht beschützen!"
Die Tür, aus der das Licht hervor gekommen war schwang augenblicklich auf und Kyle wurde von einem unmenschlichen Sog hinein gerissen. Dann sah er etwas, dass mehr Schmerz hervor rief, als jede Berührung von zuvor.

Kyle zeigte sich eine Szenerie des absoluten Grauens. Vor seinen Augen lagen, hingen, schwangen auf Boden und an den Wänden verteilt, angekettet und festgenagelt, all seine nächsten weiblichen Verwandten. Alle Frauen seiner engsten Familie waren in einem kreisrunden, von Blut dominierten Raum aus Metall und Ketten arrangiert worden. Manche waren nur gefesselt. Andere waren an Haken aufgehängt worden. Seine Mutter lag bereits von Blut überströmt und fast unkenntlich zerschnitten auf dem Boden des Raumes. Sie zeigte keinerlei Regung mehr. Sie stöhnten und keuchten, husteten Blut, und schrien. Alle blickten ihn an, flehend und voller Verzweiflung. Ihre Blicke schienen um den erlösenden Tod zu flehen.

Und inmitten des Raumes stand ein Tisch, auf dem alle übertönend das Neugeborene schrie. Kyle sprang auf. Zuerst hatte ihn der Schrecken gebannt. Doch nun wollte er nichts anderes tun, als ihnen allen zu helfen. Aber dazu kam es nicht. Er wurde von einer unsichtbaren Macht festgehalten, die ihm ins Ohr flüsterte.
„Sie alle sind des Todes! Und am Ende ist das Kind dran, dass der Auslöser für all das war."
Kyle hatte nicht die geringste Vorstellung von dem, was dort geschehen würde und er wollte wegsehen. Doch die böse Macht, die ihn festhielt zwang seinen Blick auf sich. Eine schattenhafte beinahe unsichtbare wabernde Gestalt erschien am Tisch und feixte. Dies war seine Stunde und Kyles Entsetzen raubte ihm beinahe den Verstand. Noch immer schrie das Baby und als der Schatten nach ihr griff, kreischte sie ohrenbetäubend auf. Kyle schmerzten augenblicklich Oberkörper, Hals und Arme. Er fühlte einen Moment lang, was die kleine Joy ertragen musste, jedoch nur ansatzweise das, was dann für das Kind folgte. Kyle stockte endgültig der Atem, als er noch einmal alle Frauen im Raum betrachtete. Und sein Blick fiel schließlich, als wäre die Zeit angehalten worden, auch auf seine Frau. Sie hatte einen geöffneten Hals und Blut drang pulsierend aus der Wunde. Kyle wollte schreien, doch nichts kam hervor. Sie blickte ihn direkt an und aus ihrem Augenwinkel kam eine Träne hervor. Dann formte sie mit ihren Lippen die Worte >Ich liebe dich< und schloss für immer die Augen.

Kyle wurde keine Zeit für diese Trauer gelassen, denn das Baby schrie noch einmal verzweifelnd auf und der Schatten stürzte mit Gesicht voran auf Joy herab. Sein Gesicht formte sich zu einem lang gewordenen Schlund um und er packte den Säugling an den Füßen. Als diese Gestalt des Bösen und des tiefsten dunklen Abgrunds Joy über sich hochhielt und es fallen ließ, war Kyle wieder in der Lage zu schreien. Und das tat er. Er schrie bis er wach war und darüber hinaus.

Er schreckte hoch und das erste, was er zusätzlich zu seinem unglaublichen Entsetzen fühlte, war, dass Brust, Arme und Hals rebellierten. Er konnte die kalten Hände noch immer spüren und riss die völlig durchnässte Bettdecke von sich. Er schob hastig und unkontrolliert zitternd sein Shirt hoch und blickte auf eine sternförmige Wunde auf seinem Brustkorb. Unter seinem Ärmel konnte er eine stark gerötete Stelle sehen und dieselbe Reizung fühlte er am Hals, an dem er etwas ähnliches vermutete. Er konnte sich dort kaum berühren. Kyle war sich der Tatsache bewusst, dass dies nicht nur ein Traum war und schon gar nicht war es sein Traum. Er keuchte und konnte nicht aufhören zu schwitzen, zu frieren und zu zittern. Er fühlte sich einfach nur krank und elend. Er hatte beim Aufwachen automatisch nach der anderen Bettseite gegriffen, doch dort war niemand. Er schlug sich die Hände vors Gesicht und der gesamte Schrecken und das erlebte Leid kamen in ihm hoch. Seine Tränen vermischten sich mit seinem Hass und seinem Unverständnis. Er fühlte sich unerhört machtlos und auf eine gewisse Art völlig allein. Er hatte stets Stärke und Furchtlosigkeit bewiesen. Doch nun zeigte man ihm seine Schwächen auf. Er war verzweifelt und vollkommen verängstigt. Er gab sich der Trauer hin und weinte um seinen Verlust, wenn auch nicht lange. Ein Teil von ihm wollte schon nach kurzer Zeit nicht gestatten, dass dem Bösen dieser Triumph zuteilwürde. Er schwor sich Taten folgen zu lassen und alles zu tun, um heraus zu finden, was eigentlich geschehen war.

Mathew schreckte hoch, als die Hausklingel erklang. Er schwitzte und zitterte. Dieser Albtraum war mit keinem seiner bisherigen zu vergleichen. Seiner Ansicht nach war er beinahe zu real, selbst für seine Traumverhältnisse. Er packte stöhnend an seine Brust, als er an einen Teil seines Traumes erinnert wurde. Keuchend und mehr als vorsichtig zog er sein Sweatshirt hoch. Und blickte entsetzt auf eine Sternförmige Vernarbung auf seiner Brust. Sein bereits freigelegter Arm und der Hals waren ebenfalls stark gereizt und gerötet. Er raffte sein Shirt zurück, bedeckte seine Arme, während er aufstand und schlüpfte in eine weiße Jogginghose, die über einem Stuhl nahe dem Bett hing. Dann hastete er vom ersten Stockwerk hinunter in den Empfangsbereich des Hauses und zur Haustür. Er öffnete sie schwunghaft in der Erwartung, seine Brüder, oder zumindest einen von ihnen davor anzutreffen. Stattdessen standen zwei Männer in dunklen Anzügen vor der Tür, von denen einer sofort das Wort ergriff.
„Guten Morgen, Mister Mathew Kondere, wie ich annehme?!"
Der blonde, kleinere Mann wirkte sehr förmlich und zog seine Brieftasche hervor, die er aufklappte, um anschließend einen Dienstausweis unter Mathews Nase zu halten.
„Was soll das darstellen? Gehören sie zu einem Geheimdienst, oder was? Ich habe so einen Ausweis niemals zuvor gesehen."
Als hätten sie ihn nicht gehört, steckte der eine der Männer seinen Ausweis weg und der Andere begann zu sprechen. Es war der Größere der Beiden mit einer Narbe über seiner rechten schwarzen Augenbraue. Ein Mann etwa Mitte Dreißig und Augen die danach schrien, dass dieser Mann in seinem Leben mehr hässliches gesehen hatte, als gut für ihn war.
„Wir möchten Sie bitten, uns zu begleiten. Ein Wagen steht für die bereit."
Die beiden Männer wandten sich jeweils halb um und deuteten auf einen dunklen Geländewagen mit geschwärzten Scheiben. Wäre Mathew etwas besser gelaunt gewesen hätte er wegen des Klischees gelächelt. Doch dazu war ihm nicht im Geringsten zumute.
„Ich werde gewisslich nirgendwo hinfahren!"

Er schüttelte energisch den Kopf und ging einen Schritt zurück in das Haus, um der Tür auszuweichen, die er gerade schließen wollte. Doch der Größere der Beiden stemmte seinen Arm gegen die Tür und sah Mathew mit einem Blick an, der keine Zweifel an seiner Absicht offen ließ, seinen Willen auf andere Weise durch zu setzen.
„Wir möchten Sie wirklich inständig bitten, mit uns zu kommen. Wir sind hier um zu helfen, ihre Familie wieder zu finden."
Der kleinere blonde Agent (oder was auch immer man in diesen Männern sehen mochte), hatte seinen Kollegen am Arm gefasst und diesen zurückgezogen, wobei sein Blick ebenfalls an Schärfe gewann. Seiner Stimme hatte er davon jedoch nichts beigefügt. Dann blickte er Mathew von oben bis unten an und lächelte angedeutet, dennoch aber aufrichtig, wie Mathew meinte.
„Zum Umziehen wollen wir Ihnen jedoch die Möglichkeit geben. So viel Zeit muss sein."
Etwa zehn Minuten später saß Mathew hinter den verdunkelten Scheiben und vor ihm schwangen sich der Schrank und sein freundlicher Kollege ins Auto. Der Blonde, der auf dem Beifahrersitz Platz genommen hatte, wandte sich zu Mathew um.
„Wir werden etwa eine Stunde unterwegs sein. Machen Sie es sich also ruhig bequem."
Mathew warf dem Mann einen wütenden Blick zu.
„Ich werde zuerst einmal meine Brüder über meine plötzliche Abwesenheit informieren. Ich denke sie werden wenig Verständnis dafür haben, angesichts der gegebenen Umstände."
Darauf folgte das beste Fotolächeln, dass der blonde Schönling zu bieten hatte und Mathew fand es nun nicht mehr freundlich, als vielmehr unverschämt. Er war drauf und dran, Locke zu fragen, ob er über die furchtbare Situation wirklich vollends aufgeklärt sei, in der er und seine Brüder sich seit der vergangenen Nacht befanden.
„Sie brauchen niemanden anzurufen. Ihre Brüder werden Sie am Bestimmungsort treffen."
Dann warf er seinem Partner einen flüchtigen Blick zu, nickte leicht, wie zum Zwecke eines stillen Kommandos und der Schrank setzte den Wagen in Gang. Ungeachtet aller Reaktionen seines

unfreiwilligen Mitfahrers wandte sich der Blonde die ganze Fahrt hinweg nicht mehr zu ihm um. Und sie fuhren los, der untergehenden Sonne entgegen, wie es Mathew erst jetzt bewusst wurde. Die Sturmwolken hatten sich verzogen. Doch die über Mathews Gemüt waren dunkler, als jemals zuvor.

12. Der alte Mann

„Was glaubst du, was das hier für ein Verein ist?"
Kyle zuckte mit den Achseln und sah sich in dem Raum um, in den er und sein Bruder gebracht worden waren.
„Sieht schon irgendwie sehr offiziell aus. Aber mich würde es nicht wundern, wenn das einfach nur ein Haufen Spinner sind, oder irgendwelche Reporter."
Kyle sah seinen Bruder nicht an, während er seine Hände langsam auf den gläsernen Tisch legte und sich in dem Stuhl mit der flexiblen Rückenlehne zurück lehnte. Stattdessen betrachtete er die Schwarzweißbilder an den weiß getünchten Wänden und die gläserne Einrichtung. Er blieb einige Augenblicke an der Orchidee auf der Mitte des großen Tisches hängen und flüsterte schließlich mit verschwörerischem Ton.
„Ich weiß nicht, was die von uns wollen, aber wir sollten das Ganze schnellstmöglich hinter uns bringen. Ich habe keine Lust hier herum zu sitzen, während Mom und den anderen Frauen möglicherweise schreckliches widerfährt. Ich werde hier jedenfalls nicht tatenlos herum sitzen."
Seine Miene wurde teilnahmslos, wie Jake befand und die Augen irgendwie leer. Dann zitterte er kurz und schüttelte sich.
„Ich hoffe, dass die Tatsache, dass wir beide den gleichen Traum hatten nicht bedeutet, dass dieser wahr ist."
Auch Jake betrachtete jetzt nur noch seine Füße und eine weitere Träne lief seine Wangen herab, obwohl er sich geschworen hatte, es nicht mehr zuzulassen. Kleinlaut antwortete er.
„Ja, das hoffe ich auch die ganze Zeit."
Kyle packte seinen Bruder am Arm.
„Hör zu! Wir haben vielleicht im Auto über den Traum geredet. Aber ich denke, es wäre besser, wenn wir von jetzt an Acht geben, was wir erzählen. Auch wenn sie uns nichts anhängen können, heißt das nicht, dass sie uns nicht in die Klapse stecken können."

Jake nickte und sah ebenfalls auf die Orchideen in der schwarzen Glasvase und dann zu dem großen Chefsessel, der ihnen gegenüber auf der anderen Seite des Glastisches stand. Dann wurde die Aufmerksamkeit der Brüder plötzlich auf die von klappernden metallenen Jalousien überzogene Glastür gelenkt, die scheppernd aufgedrückt wurde. Ein Schrank von einem Kerl mit dunklen Haaren, einem Hals wie ein Stier und einer Narbe über dem Auge trat ein und stellte sich wie ein übergroßer Türstopper vor die Tür, wobei er Platz machte, für jemanden anderes. Und schließlich kam Mathew herein, den Schrank kritisch beäugend, als einziger in der Lage diesem direkt in die Augen zu sehen. Dann war in seinem Gesicht plötzlich Erleichterung zu erkennen, als er seine Brüder erblickte. Er ging zügig auf sie zu und umarmte jeden von ihnen, bevor er die erwartete Frage stellte:
„Was tun wir hier? Wer sind diese Leute?"
Jake hatte gerade den Mund zu einer Antwort geöffnet, als er von einer heiseren Stimme unterbrochen wurde, die trotz der rauen Natur und dem alten Klang äußerst kraftvoll erklang.
„Dieser Frage Antwort sind deine Brüder nicht habhaft mein Junge."
Alle drei starrten zur Tür, in der gerade ein gebeugter alter Mann erschienen war, gebückt stützend auf einem schwarzen Holzstock gelehnt, dessen unteres Ende mit einer Silberspitze versehen war. Seine mit ledernen Handschuhen überzogenen Hände ruhten auf einem verzerrten silbernen Schädel, dessen Züge traurig in die Länge gezogen waren. Ein hässlicher Stock, da waren sich alle unbewusst einig. Der alte Mann trug einen langen Mantel, gefertigt in demselben Stoff, wie sein anthrazitfarbener Anzug. Sein Hemd war mit Manschetten versehen, die einfach nur stilisierte Löwenköpfe darstellten und dazu trug er eine purpurne Seidenkrawatte. Viel interessanter war jedoch das Gesicht des alten Mannes. Es war eingerahmt in einen langen weißen Haarschopf, der zu einem Zopf zusammen gebunden worden war. Er war schlank, soweit man das sagen konnte, bis auf den Bauch, den viele ältere Männer mit sich herum tragen. Seine Züge waren gezeichnet von Lachen, Sorgen und Zorn. Die Brüder waren sich sicher, dass

es nicht schwer sein konnte, in diesen eine Stimmung zu lesen. Und die Augen des Mannes waren die eines jungen Mannes. Sie wirkten ausgeschlafen, ja wach und scharfsinnig. Ein wacher Geist in einem gebrechlichen Körper gefangen.
Der alte Mann, der von den Brüdern nicht aus den Augen gelassen wurde, ging um den Schreibtisch herum und setzte sich auf den großen Chefsessel. Dann sah er Mathew tief in die Augen und zeigte mit seiner ledernen Hand auf einen Stuhl, der auf der anderen Seite des Raumes stand. Mathew nahm sich diesen, ohne ein Wort zu sagen und setzte sich zu seinen Brüdern. Schließlich kam noch der blonde Schönling mit einer dicken roten Akte unter dem Arm in den Raum geschwebt und nahm neben dem alten Herrn Platz. So nah, dass es Mathew in seinem Falle unangenehm gewesen wäre. Doch alle drei Brüder wussten, dass dies sicherlich einen guten Grund haben würde. Zu guter Letzt verließ der Türsteher den Raum und nachdem die Tür wieder mit dem klappernden Geräusch einer Polizeitür aus einem billigen Krimi ins Schloss gefallen war, folgte ein tiefer Atemzug des alten Mannes, als wolle dieser zu einer langen Rede ansetzen. Wie aus einem Reflex lehnten sich die Brüder zurück in ihre Stühle und atmeten selbst etwas tiefer ein, als gewöhnlich. Der alte Mann lehnte sich etwas vor und stützte seine Ellbogen auf dem Tisch ab, wobei er abwechselnd jeden der Brüder direkt ansah, als er begann zu sprechen.
„Sie haben Recht!"
Alle drei zogen ungläubig die Augenbrauen zusammen und Kyle legte den Kopf schief. Die Pause nutzend, legte der alte Mann seine Handschuhe ab und betrachtete die Brüder eingehend. Wie aus einem Mund kam die erwartete Frage der drei Brüder.
„Wie bitte?"
„Sie hatten Recht mit den Orchideen."
Mathew blickte auf die Blumen und zu seinen Brüdern.
„Was meint der?"
Der alte Mann sah auf seinen blonden Assistenten und wieder zu den Brüdern.

„Ihre beiden Brüder haben darüber nachgedacht, ob sie wohl abgehört wurden."
Mathew stutzte und seine Brüder schienen ebenfalls überrascht. Der alte Mann beachtete dies gar nicht, sondern nahm stattdessen die Vase an sich und hielt sie leicht schräg, damit die Brüder auf den Boden sehen konnten. Mathew wusste ebenso wenig über Abhörtechnik, wie seine Brüder, doch ein Mikro erkannte er, wenn er es sah. Kyle und Jake hatten zwar die Vase angesehen und auch über die Möglichkeit nachgedacht, dass es in diesem Raum noch mehr gab, dass an einen Polizeistreifen erinnert, doch nicht darüber gesprochen. Zudem waren die gesamte Zeit über die Jalousien geschlossen gewesen. Sowohl an Fenstern zum Gang, als auch an der Tür. Besonders Kyle und Jake waren irritiert. Kyle jedoch versuchte sachlich zu bleiben.
„Was wollen sie uns beweisen?"
Der alte Mann lächelte aufrichtig, wobei sein gesamtes Gesicht mitlachte, wie es schien. Der erste Eindruck seiner ausgeprägten Mimik. Von dieser hatte er bisher entgegen des Glaubens der Brüder bisher noch gar nichts gezeigt. Selbst beim Reden verzog er keine Miene. Es war als spreche ein Buch zu ihnen, ohne jede Emotion. Nun jedoch wirkten seine Züge freundlich, geradezu väterlich.
„Dies war ein Hinweis darauf, dass es Dinge auf dieser Welt gibt, die sie sich nicht erklären können. Dinge, die schwer zu verstehen sind, da sie keiner Logik folgen. Dennoch sind sie da und wir müssen uns damit arrangieren."
Auch Kyle grinste jetzt. Doch Mathew und Jake kannten ihn gut genug, um zu wissen, dass es ein überhebliches Lächeln war, voller Unglaube und Trotz.
„Sie wollen uns also sagen, dass sie unsere Gedanken gelesen haben?"
Der alte Mann fiel in seine alte Mimik zurück und nickte leicht. Jake stieß daraufhin ebenso wie Kyle abschätzig Luft aus und lehnte sich im Stuhl zurück, wobei er die Arme verschränkte und wissend den Kopf schüttelte.

„Ich glaube vielmehr, dass sie geraten haben. Sie sind davon ausgegangen, dass wir das vermuten, was offensichtlich ist. Sie erfüllen mit ihrer eigenartigen Einheit hier so dermaßen viele Fernsehserien-Klischees, dass es beinahe schon in den Augen wehtut. Und jetzt sollen wir ihnen wegen einer so offensichtlichen Sache abnehmen, dass sie unsere Gedanken wahrnehmen. Das ist ja wohl lächerlich."
Kyle machte eine abschätzige Handbewegung.
„Sie wollen vielmehr unser Vertrauen erschleichen, um uns zu Aussagen zu bewegen, die sie gegen uns verwenden können."
Der blonde Mann stupste leicht den Arm des alten Mannes an und dieser lehnte sich zu ihm. Ohne seinen Blick von Mathew zu nehmen, der ihn das gesamte Gespräch über im Auge behalten hatte, flüsterte er dem alten Mann etwas ins Ohr. Dann blickte auch der alte Mann in Mathews Richtung und wandte sich an ihn, ohne weiter auf die Diskussion einzugehen.
„Ich werde es beweisen, indem ich ihnen etwas erzähle, dass nur sie wissen. Einen weiteren Gedanken, den sie gedacht haben."
Mathew war gespannt, obwohl er es trotz der Ereignisse des letzten Tages kaum glauben wollte. Und auch seine Brüder schienen trotz ihres Unmuts und Unglaubens gespannt.
„Nun mein lieber Junge. Auch sie haben Recht."
Der alte Mann ließ eine kleine Pause im Raum wirken, was nicht ohne Effekt blieb, denn alle drei Brüder lehnten sich etwas vor, ohne sich dessen vollauf bewusst zu sein.
„Du hast sofort erkannt, dass nicht WIR eure Gedanken erkennen, sondern mein lieber Freund Victor hier."
Der alte Mann zeigte auf den blonden Schönling neben sich, der nach wie vor seinen Blick nicht von Mathew nahm, ebenso wenig, wie dieser seinen von ihm. Der alte Mann sprach erst weiter, als Mathew leicht nickte und zufrieden fuhr er fort.
„Du hast die ganze Zeit etwas gespürt, dass dir davon berichtete, nicht wahr?"
Wieder nickte Mathew mit zusammen gezogenen Augenbrauen, als wolle er nicht eingestehen, dass es wahr war.

„Und Victor hat mir noch etwas über deine Gedanken berichtet. Es ist vielmehr eine Emotion, die er wahrnahm. Die Wirren des Menschlichen Geistes zu lesen wäre so gut wie unmöglich. Aber es gibt Signale, die man deuten kann."
Jetzt sah Mathew den alten Mann an, abgelenkt von seiner Neugierde auf die folgenden Worte.
„Doch ich würde sie auch NUR dir mitteilen, wenn du das möchtest. Denn es ist möglich, dass das hier nicht laut ausgesprochen werden soll. Victor sagt, dass deine Brüder es nicht wissen."
Mathew konnte sich auf diese Worte keinen Reim machen. Doch was es auch war, er war entschlossen, zu erfahren, inwieweit sein Glaube bezüglich solch unerklärlicher Dinge in all den vergangenen Jahren hier und heute Bestätigung finden würde.
„Sie können es beruhigt aussprechen. Ich habe keine Geheimnisse vor meinen Brüdern."
Der alte Mann nickte sanft und schloss dabei leicht die Augen, bevor er sie wieder beinahe berechnend auf Mathew richtete.
„Victor berichtete mir zudem, dass du ihn attraktiv findest."
Mathew wich erst alle Farbe aus dem Gesicht, nur um schließlich in voller Stärke in dieses zurück zu schießen. Damit hatte er nicht gerechnet.

Mathews Brüder hingegen starrten nicht den alten Mann und Victor an, empört ob dieser Behauptung, sondern Mathew bemerkte in seinen Augenwinkeln, dass sie vielmehr seine eigene Reaktion abwarteten. Mathew setzte sich zurück und brachte sich in eine bequemere aufrechte Position. Dann atmete er zwei, dreimal sanft ein und aus. Und schließlich lächelte er die beiden Männer freundlich an, ohne seinen Brüdern auch nur einen Blick zuzuwerfen.
„Es ist nicht vollends überzeugend, jedoch sicherlich ein Anfang. Ich für meinen Teil will Ihnen erst einmal glauben"
Victor und der alte Herr lächelten ebenfalls und lehnten sich entspannt zurück, was Mathews Brüder ihnen gleich taten. Jake, der direkt neben Mathew gesessen hatte, klopfte ihm unsanft auf

die Schulter und die Brüder wechselten ein paar eindeutige Blicke. Mathew wusste, dass es die Beiden nicht störte. Es war vielmehr die Tatsache, dass er es ihnen nicht schon vorher gesagt hatte, weswegen sie ihn jetzt etwas irritiert ansahen. Doch überrascht waren sie nicht, dass konnte Mathew sofort erkennen. Sie gaben sich damit zufrieden, dass Mathew die Aussage des alten Mannes bestätigte und von nun an würde das Gespräch auf ganz anderer Vertrauensebene verlaufen.

„Dann sagen Sie uns doch nun mal ihren Namen, alter Mann, wenn sie doch schon alles von uns wissen. Schließlich kennt sie offensichtlich keiner von uns."

Kyle hatte vollkommen Recht und das Nicken seiner beiden Brüder bestätigte diese Aussage. Sie waren sehr gespannt, was für eine Erklärung nun folgen würde. Der alte Mann räusperte leicht und holte wieder tief Luft, als wolle er erneut einen Vortrag halten. Seine Züge waren wieder vollkommen ausdruckslos, als wäre sein Geist woanders und nur sein Mund würde für ihn sprechen. Eine wirklich eigenartige Eigenschaft, wie die Brüder fanden.

„Mein Name ist Marius van Pion. Ich stamme von einem alten Geschlecht ab, dass sich vor hunderten von Jahren in den Adel verdingt hat, durch angehäuften Reichtum in der Landwirtschaft und außergewöhnliche Dienste für die niederländische Krone im Krieg. Doch erst einige Jahre später kam die Berufung zu dem, was auch ich noch ausübe. Einige meiner Vorfahren waren entweder Inspektoren, Detektive, oder allgemein Polizisten. Es mag eine seltsame Familientradition sein, doch sie ergab sich aus einer Notwendigkeit. Eines Tages heiratete eine Tochter des Hauses van Pion einen Sohn des Hauses Kondere. Ein weiteres altes Adelsgeschlecht, dass sich durch die Heirat gewisse finanzielle Vorteile erhoffte, während sich die Familie van Pion mehr Einfluss bei der Krone erhoffte. Es war also eine Zweckehe."

Marius machte eine kleine Pause und blickte kurz zu Victor, der seinem Blick begegnete, aufstand und aus einem Schrank nahe dem Schreibtisch eine Wasserflasche hervorholte, sowie ein Glas. Er schenkte etwas ein, reichte es Marius und dieser trank ein wenig

davon. Die Pause nutzte Mathew, um selbst eine Frage zu stellen, die Marius wiederum nur mit einem Nicken bestätigte.
„Ging dann also das Blut der Familie van Pion in das der Familie Kondere über? Hat die Tochter den Familien ein Kind geschenkt?"
Auch Victor nickte, denn er erkannte, dass Mathew den Zusammenhang zu erkennen begann. Mathew stellte noch eine weitere Frage.
„Hat sie ihnen ein Mädchen geboren?"
Marius zeigte den Anflug eines Lächelns. Nicht aus Amüsement, sondern wegen des Scharfsinns seiner Zuhörer.
„Ja mein Junge. Du hast es richtig erkannt."
„Das war dann sicherlich auch der Beginn Ihrer detektivischen Laufbahn, nicht wahr?"
Diese Frage kam von Kyle, der ebenso viel Interesse daran zeigte, über seine Familientradition zu erfahren, wie auch daran, dass hier auf einen Vorfall hingewiesen wurde, ähnlich dem, dem sich die Brüder heute gegenüber sehen. Wieder nickte Marius, interessiert beobachtend, wie die Gedanken in den Brüdern kreisten und die Erkenntnis in ihnen Gestalt annahm. Er ergänzte jedoch noch etwas.
„Doch vorrangig galt das Interesse der Familie van Pion in erster Linie den neuen Familienmitgliedern. Sie hatten insoweit Recht, dass der Ursprung dieses Schreckens tatsächlich in der Familie Kondere zu suchen war, doch auf andere Weise, wie es meine Familie vermutete. Es war etwas am Werk, dass keiner von ihnen erwartet hatte. Eine Kunst, die meine Familie und auch ich meinerseits lange Zeit für Ammenmärchen hielten."
Wieder machte er eine kurze Pause und genehmigte sich einen Schluck Wasser.
„Ihr seid den Auswirkungen dieser Kunst schon begegnet, nicht wahr?"
Marius besah die Jungs genau, als er ihre Reaktion erwartete. Kyle war der erste, der sein Hemd hinauf zog und seine sternförmige Vernarbung auf der Brust offenbarte. Seine Brüder taten es ihm gleich und nun erkannte auch Mathew, dass sie alle den gleichen Traum gehabt hatten. Die Erkenntnis darüber faszinierte den alten

Mann und auch Victor lehnte sich ein wenig vor, um sich die Wunden genauer anzusehen. Als die Jungs ihre Oberkörper wieder bedeckt hatten, seufzte Marius tief und etwas wie Resignation legte sich über seine Züge.
„Ihr habt seine Kräfte zu spüren bekommen. Es sind die Kräfte der schwarzen Kunst. Bis heute habe ich nicht heraus finden können, wie er an Informationen darüber kommen konnte."
„Wer war er?"
Mathew lief automatisch ein Schauer über den Rücken, als er nach dem Namen des Schattens fragte. Doch er wollte es wissen. Auch seinen Brüdern schien es so zu ergehen.
„Er hieß Marakant. Er war noch ein junger Mann von etwa dreiundzwanzig Jahren, als er den Fluch bekräftigte, indem er sein Blut gab, um diesen zu vollenden. Es war kurz nach der Besiegelung des Ehevertrags zwischen den Familienoberhäuptern. Und dies war auch der Grundstein für den ersten Vorfall in der Geschichte unser beider Familien."
Marius nippte noch einmal am Wasser und fuhr fort.
„Beachtenswert ist wohl die Tatsache, dass er sich jener Kunst hingab, die er so versessen schwor zu bekämpfen. Warum, das wissen wir nicht."
„Moment! Soll das wirklich heißen, dies ist nicht das erste Mal, dass so etwas geschieht?"
Jake war aufgesprungen und schärfster Zorn war in seinen Augen zu sehen. Dieses Mal nickte Marius nicht, sondern seine Züge zeigten Sorge und einen Anflug von Trauer.
„In der Tat Jake. Dies ist nicht das erste Mal."
Jake war anzusehen, dass er gerade losbrüllen wollte, doch der alte Mann war ebenfalls aufgestanden, viel schneller, als man es ihm zugetraut hätte. Und obwohl er ebenfalls aufgebracht zu sein schien, lag in seinen Worten tiefes Verständnis.
„Beruhige dich Junge! Ich weiß, was du nun einbringen möchtest. Doch was erwartest du? Hätten ich oder dein Vater dich aufgesucht, um dir eine Warnung zukommen zu lassen..."
Marius unterbrach im Satz und setzte sich wieder kopfschüttelnd und mit einem tiefen Seufzer.

„"...Willst du mir tatsächlich einreden, du hättest mir geglaubt? Oder vielmehr darauf verzichtet, ein Kind in die Welt zu setzen? Nur der Vorsicht halber?"
Jakes Gesicht war glühend vor Zorn und seine Augen brannten, benetzt mit Tränen, die nur noch einen Moment brauchten, bevor sie hervor brachen. Er setzte sich, legte das Gesicht in seine Hände und drehte sich halb weg, von seinen Brüdern und den beiden Männern hinter dem Schreibtisch.
„Es tut mir Leid. Ich sehe euch als meine Familie an und muss gestehen, dass eine schwere Last von nun an auf unseren Schultern liegt. Denn in all den Jahren haben weder meine Vorfahren, noch ich, diesen Fluch aufheben können."

Den drei Brüdern hingen die Köpfe und sie waren vertieft in verständnislosen Gedanken, Grübeleien bezogen auf das Gesagte und in Mathews Fall dem Versuch gewidmet, die richtige Formulierung auf seine folgende Frage zu finden. Er wusste nicht wirklich, ob er eine Antwort hören wollte. Doch diese Frage war notwendig.
„Was genau wird jetzt geschehen Marius? Was geschah beim letzten Vorfall?"
Marius seufzte erneut und sein Gesicht schien sich in sich selbst zu vertiefen. Nun sah man ihm an, dass echte Gefühle des Bedauerns über ihn kamen. Mathew erwartete furchtbare Nachrichten.
„Mein lieber Junge... das wird euch nicht gefallen, soviel steht fest."
Er fuhr sich mit seinen gefleckten Händen durch das Haar und setzte sich aufrecht, sowie leicht angespannt zurück. Sogar Victors Miene verfinsterte sich leicht.
„Ich kann dir nur sagen, was ich aus den Berichten meiner Vorfahren überliefert bekommen habe. Damals wurden Polizeiberichte gefälscht, Geschichtseinträge gelöscht und Menschen wurden bestochen, die zu viel wussten. Diese Methode wird uns etwas erschwert, durch die schnelle Verbreitung über digitale Medien. Doch wir haben es geschafft, der Polizei und auch den Medien überzeugend klar zu machen, dass es keinerlei

Vermissten-Fälle gibt. Dennoch wird es nicht lange dauern, bis weitere Fragen gestellt werden."

Mathew und seine Brüder geduldeten sich, denn sie erkannten, dass Marius so weit ausholte, damit die Brüder erkannten, dass auch er daran arbeitete, diesen Fall zu lösen. Sie brauchten viel von ihrer Geduld, den Worten still zu folgen. Das hing nicht mit irgendeiner Antipathie gegenüber dem Sprechenden zusammen, sondern vielmehr mit ihrer Machtlosigkeit und der Unwissenheit, die sie dazu zwang, sich zuerst einmal Wissen anzueignen, über Dinge, die ihre eigene Familie betrafen. Dinge, die sie ihrer Meinung nach schon längst hätten erfahren sollen. Zudem war da der unaufhörliche Drang zur Tat zu schreiten, wie auch immer das aussehen sollte.

„Das letzte Mal, als so etwas geschah, wurden wenige Wochen nach dem Verschwinden etliche Frauenleichen in einem Wald nahe des Hauses der Familie Kondere gefunden."

Marius bewegte sich unruhig hin und her auf seinem Stuhl und seine Hände, die zuvor ruhig auf den Lehnen ruhten, zitterten nun leicht. Ihm war anzusehen, dass es ihm nicht leicht fiel, darüber zu sprechen.

„Ihnen allen waren hässliche Wunden zugefügt worden und teilweise waren sie auf bestialische Weise verstümmelt worden."

Wieder hatte Marius inne gehalten, unterbrochen vom leisen Keuchen der beiden älteren Brüder und der schnellen Bewegung der Hand von Mathew, als er sie sich auf den Mund schlug und schwer schluckte. Marius fühlte sich verpflichtet, den Jungs alles zu berichten, auch wenn er persönlich den Drang verspürte, sie nun zu verschonen und ihnen tröstend zuzureden.

„Es gab eine Sache, die bei jedem der Opfer gleich war... Ihnen allen fehlte das Herz."

Dann, bevor die Brüder, die bereits alle den Mund geöffnet hatten, durcheinander irgendetwas in den Raum rufen konnten, ergänzte Marius noch etwas.

„Und der Auslöser, also das letzte Glied in der Ursache zur Überzahl der weiblichen Familienmitglieder..."

Marius lief eine kleine Träne über das zerfurchte Gesicht, als er die entsetzten Gesichter der zerrissenen Brüder sah.
„...Dieses Kind wurde niemals gefunden."
Jake war erneut aufgesprungen und auch Mathew wippte unruhig hin und her, während Kyle mit der Hand vor dem Mund und leichenblass aus dem Zimmer stürmte. Allen drei waren während sie zuhörten die Bilder vor Augen erschienen, die sie im Traum gesehen hatten. Victor rieb sich die Schläfen und seine Mimik strahlte ebenfalls Entsetzen und Trauer aus. Mathew vermutete, dass er die Emotionen spüren konnte. Wahrscheinlich hatte er sogar gesehen, was den Brüdern gerade im Kopf umher spukte. Sie alle waren damit schwer belastet in diesem Moment.

Die drei Brüder saßen nun in einem Auto, zusammen mit Victor, der dieses Mal fuhr. Jake hatte vorne bei ihm Platz genommen, während Kyle und Mathew hinten saßen. Marius hatte ihnen geraten, das Haus am alten Weg aufzusuchen, wie es die Jungs bereits vereinbart hatten. Ihr Gespräch hatte noch etwa eine Stunde gedauert, als Mathew von der Begegnung in dem Haus erzählt hatte. Marius verlangte geradezu, dass Victor sie begleiten solle. Offenbar; und da waren sich die Jungs insgeheim sicher; hatte Victor noch weitere nützliche Fähigkeiten. Welche würden sie möglicherweise herausfinden, wenn sie alle vier das Haus erneut betraten. Irgendetwas sagte Mathew, dass dies keine gute Idee war. Doch mangelnder Mut würde ihn sicher nicht davon abhalten, alles zu versuchen, seine Familie zu retten.
Sie stellten weitere Vermutungen an, als Mathew beschrieb, was er bei seinem letzten Besuch alles gesehen hatte (und besonders was nicht). Victor schlug vor, mit den Orten zu beginnen, die Mathew zuvor nicht gesehen hatte. Seine Vermutungen folgerten der logischen Schlussfolgerung, dass Marakant die Absicht hatte, Mathew eben davon abzuhalten. Als sie an dem Haus vor fuhren, war der Boden etwas fester, als zuletzt, doch die Schlammspritzer an der halben Fassade der Hausfront waren Zeuge von Mathews letztem Besuch. Sie alle stiegen aus und Victor übernahm die

Führung, wobei er seitlich am Haus vorbeiging und die Drei zu sich rief.

13. Katakomben

„Seltsam."
Victor zeigte auf einen Verschlag, der kaum mehr als drei mal drei Meter maß. Dieser war mit der seitlichen Hauswand verbunden und wirkte wie ein kleiner Geräteschuppen. Kyle hatte sofort dieselbe Vermutung wie Victor.
„Lasst uns nachsehen. Nicht alles ist wie es scheint."
Mathew bemerkte, den eigenartig baufälligen Zustand dieses kleinen Gebäudes und dessen milchiges Glas. Dahinter standen offensichtlich Blumentöpfe, oder ähnliches. Es war schwer zu identifizieren, da das Milchglas diese verzerrte. Das Gebäude sah weit älter aus, als das Haus, mit dem es verbunden war. Auch die Ziegel waren schwarzgrau und machten auf dem Schrägdach den Eindruck bald nachzugeben.
„Du hast den Schlüssel, nicht wahr?"
Mathew hatte sich gar nicht angesprochen gefühlt, bis ihn Jake leicht anstieß. Er wirkte, als sei er gerade aufgewacht und musste erst einmal zu sich kommen.
„Ähm... Was? Nein. Ich habe ihn zu Hause auf d... Oh, hier ist er."
Victor lächelte wissend, als Mathew den Schlüssel aus seiner Jackentasche zog, nachdem er suchend alles abgeklopft hatte. Und Mathew fand diese Fähigkeit langsam eher unheimlich, als unterhaltsam. Er ging auf den Verschlag zu und setzte den Schlüssel an. Vorsichtig schob er ihn hinein, in der Erwartung, dass etwas Merkwürdiges geschehen würde. Doch nichts geschah, bis Mathew die Tür aufgesperrt hatte und diese nach innen aufschob. Ein modrig feuchter Geruch stieg ihm in die Nase. Eben jener Geruch, den er im Traum bereits wahrgenommen hatte. Seinen Brüdern sah er dieses Déjà-vu ebenfalls an. Und er blickte direkt in den schwarzen Schacht einer Treppe, die in einen Keller führte. Schaudernd ging er einen Schritt zurück und ließ die anderen Männer hinunter blicken. An den Wänden des Verschlages aufgereiht fanden sich Sensen, Schleifwerkzeug, Harken und

Schaufeln. Sogar ein paar alte Stiefel aus Leder standen dort. Ebenso gab es die zwei milchigen kleinen Fenster, deren Fensterbänke voll standen mit kleinen Schachteln aus Holz, in denen sich metallene Kräuterschildchen, verrostete Nägel und vergammelte Schnüre befanden, sowie die Töpfe aus Ton, wie er schon vermutet hatte. Der Boden bestand hier nur aus Lehm und durch die Decke konnte man an manchen Stellen hindurch sehen. Das Loch, dass mit der Treppe in die Tiefe führte, war ohne Geländer gebaut worden und die Stufen waren belegt mit halb zerbröselten Holzbrettern. Victor wandte sich um und sah zum Wagen.
„Einen kleinen Moment. Ich habe zwei Taschenlampen im Auto. Bin gleich wieder da."
Während Victor zum Auto ging, traten die Brüder zusammen und Kyle sprach leise zu seinen Brüdern.
„Spürt ihr das auch?"
Jake und Mathew nickten. Es fühlte sich an, wie ein kalter Windzug, in dem ein böser Wille steckte, der sich ähnlich tausender feiner Nadeln gegen die Brüder richtete. Es war nach wie vor etwas an diesem Haus, dass nicht zulassen wollte, dass die Brüder sich hier aufhielten.
„Was, wenn er wieder kommt? Was wenn er uns alle tötet? Tot können wir unsere Familie nicht retten."
Kyle schüttelte den Kopf und sogar Jake schien Mathews Aussage für übertrieben zu halten.
„Ich denke nicht, dass er sich für uns sonderlich interessiert. Er hat es doch auf die Frauen abgesehen."
Kyles Aussage hörte sich stimmig an, doch Mathew glaubte nicht, dass es den Tatsachen entsprach.
„Ihr solltet tatsächlich mit dem Schlimmsten rechnen! Dieser Geist hat mehr Macht, auf die Welt der Lebenden, als irgendeiner sonst in der Geschichte. Wenn er merkt, dass ihr zu einer Gefahr für ihn oder seine Ziele werdet, wird er nicht davor halt machen, euch ernsthaften Schaden zuzufügen."
Ohne die entgeisterten Mienen der Jungs weiter zu beachten, streckte Victor Kyle eine der Taschenlampen entgegen und ging auf

die Treppe zu. Ohne zu zögern stieg er die ersten Stufen hinab. Und die Brüder folgten zielstrebig, wenn auch nicht furchtlos.

14. Keller

Es wurde kein Wort mehr gesprochen und die vier Männer gingen langsam nacheinander die Treppe hinab, allen voran Victor. Dieser leuchtete alles akribisch aus, als wüsste er, wonach er suchte. Kyle hingegen achtete darauf, sich und seinen Brüdern den Weg zu leuchten und nicht zu stolpern. Der Boden war nur ausgeschlagen worden und extrem uneben. Nur der Rand war mit Steinen gesäumt, deren Oberkante eine gerade Linie bildete. Es war irgendwie zu dunkel, um genau zu bestimmen, welche Farbe diese Steine hatten, oder aus welchem Gestein sie bestanden. Doch sie waren fein säuberlich aufgereiht und mit Mörtel fixiert worden. Der Gang selbst war gerade breit genug, um einem Mann Platz zu geben. Zwei nebeneinander hätten nur schwer Platz gefunden.

Da die Treppe und der Gang selbst parallel zum Haus verliefen, nahm Mathew zuerst an, sie würden sich vom Haus entfernen. Doch schließlich bog der Gang seitlich dem Haus zugewandt ab und einige Schritte weiter wusste Mathew, dass sie sich unter dem Haus befanden. Victor leuchtete nach oben und Balken, sowie Stein und Zement bestätigten seine Vermutung. Er hätte gern gewusst, unter welchem Zimmer sie sich befanden. Einige Schritte weiter, passierten sie mehrere Rohre und Mathew dachte daran, dass sie vermutlich gerade vom Salon aus unter der Küche gingen. Vielleicht auch unter dem Badezimmer. Dann erschien eine Tür im Blickfeld der Männer und Mathew trat mit dem Schlüssel vor, wobei Jake und Victor dem Gang noch ein wenig folgten, um ihm Platz zu lassen. Mathew öffnete die Tür langsam und ließ sich von Victor die Taschenlampe geben. Sie konnten in einen langen Raum hinein sehen, der mindestens die Breite des Hauses besaß und länglich unter diesem verlief, parallel zum Gang, den die Brüder entlang gegangen waren. Und von der vordersten Wand, bis zur hintersten, war die der Tür abgewandte Wand mit Regalen gesäumt, die bis unter die Decke mit Weinflaschen vollgestellt waren. Dies mussten mehrere hundert Flaschen gewesen sein. Sie alle lagen in den ausgefrästen Wölbungen, die für jede Flasche vorgesehen war und auf diesen Flaschen lag, bevor es beim nächsten Regalboden ebenso weiter ging noch eine weitere Reihe mit Flaschen. Hierbei musste es sich um ein Vermögen handeln und Mathew konnte nur ahnen, wie alt manche der Flaschen waren. Doch er hatte andere Sorgen und deshalb kehrte er dem Raum, der sonst nichts nennenswertes beinhaltete, den Rücken zu und trat wieder auf den Gang hinaus.

„Weiter! Hier drin gibt es nichts, als nur ein paar Flaschen Wein und verstaubte Regale."

Und als sie auch die nächsten Rohre und die Tür hinter sich ließen, wurde der Gang etwas breiter und die Decke gewölbt. Der Tunnel wurde nachträglich verlängert. Man konnte die Umrisse eines Mauerwerks erkennen, über dessen Überreste sie drüber steigen mussten. Es war ein langer Tunnel, denn Victor und auch Kyle, der hinter allen lief, leuchteten in den Gang hinein und man konnte kein Ende erkennen.

„Wo der wohl hinführt?"

Victor zuckte mit den Achseln, als Reaktion auf Jakes Frage und schnaufte kurz tief ein.

„Lasst es uns herausfinden! Aber seid vorsichtig und achtet auf Merkwürdigkeiten. Ich gehe davon aus, dass dieser Kellerteil versteckt bleiben sollte. Es wäre möglich, dass wir bald schon nicht mehr alleine sind."

Die Brüder warfen sich mit kehligem Schlucken einen Blick zu, der ausdrückte, was sie alle gleichermaßen fühlten. Ein Empfinden, dass weit über Unbehagen hinaus ging. Trotzdem folgten sie Victor erneut fest entschlossen alles zu tun, um ihrer Familie beizustehen. Ein düsterer Wille lag in diesen Wänden, soviel konnten alle vier spüren. Es war, als würde hier unten das Licht nicht die Helligkeit erzeugen, die es sollte. Und ein hässliches flaues Gefühl ging durch die Eingeweide der Männer. Mit jedem Schritt wurde es stärker und die Jungs blickten die meiste Zeit unsicher umher und sahen in alle Richtungen, um zu sehen, ob einer ihrer eigenen lang gezogenen Schatten nach ihnen griff. Dann kamen sie wieder in

befestigte Gemäuer und Gänge, die hoch genug waren, dass Kyle und Mathew nicht andauernd gezwungen waren, gebeugt zu gehen. An beiden Seiten der aus rotem Stein gemauerten Wände waren zig Türen angebracht, die aus gitterförmig zusammen geschusterten Holzrahmen bestanden. Sie wirkten alle nicht sehr stabil.
„Das sieht aus wie ein kleines Lager und beunruhigend vertraut."
Victor nickte auf Kyles Aussage hin und ging etwas näher an einen der Verschläge heran, um hinein zu leuchten. Kyle war nicht der einzige, der dabei den Atem anhielt. Schließlich erinnerten sich alle Brüder an einen sehr ähnlichen Gang gesäumt mit dutzenden Verschlägen. Alle drei sahen sich in ihren Träumen wieder und fühlten dieselbe Furcht, als sie erkannten, dass dies alles sicher miteinander zusammen hing. Selbst Victor spürte die dauernde Unsicherheit der Jungs wegen der vergangenen Erlebnisse.
„Ich kann nichts auffälliges erkennen, außer ein paar Kisten. Vielleicht sollten wir einen Verschlag nach dem anderen durchsehen. Möglicherweise liefert uns das einen Hinweis auf die Dinge, die hier geschahen."
Victor wandte sich um und sah die Brüder verständnisvoll an.
„Wenn euch das unangenehm ist, aufgrund eurer Erinnerungen basierend auf den Traum der letzten Nacht, kann ich auch weiterhin voran gehen."
Leichte Röte stieg in allen dreien gleichzeitig auf, als Victor sie fragend ansah. Die Erkenntnis, dass Victor diese Schwingungen aufgenommen hatte, kam ebenso augenblicklich in ihnen auf. Und mit den Erzählungen der Fahrer im Wagen, mit dem Kyle und Jake angekommen waren, brauchte Victor nur noch eins und eins zusammen zu zählen. Sie hätten wissen müssen, dass er es erahnen würde. Doch Kyle umging den peinlichen Moment geschickt, als er mit seiner Taschenlampe wedelte und das Wort ergriff.
„Ich würde vorschlagen, jeder von den Taschenlampenträgern nimmt sich eine Seite vor und durchsucht mit einem der anderen jeweils die Räume auf seiner Seite."
Victor nickte zufrieden und leuchtete auf eine der vergitterten Türen rechts von sich.

„Dann würde ich vorschlagen, dass ich mir zusammen mit Mathew diese Seite vornehme, während ihr Beide die Verschläge auf jener Seite überprüft."
Den erstaunten Blick Mathews ignorierend stimmte Kyle still nickend zu und schob sich mit Jake im Schlepptau vorbei an den Beiden Männern. Ihre Reihe mit beschlagenen Türen und geheimnisvollen Räumen begann etwas versetzt hinter Victor. Als die Beiden sich mutig ans Werk machten und knarzend, ächzend der erste hölzerne Riegel weggeschoben wurde, wandte sich auch Victor dem nächsten Raum zu.
„Ich denke, es ist am Sinnvollsten, wenn wir die Räume auch betreten, wie es deine Brüder tun und genauer inspizieren, damit wir sicher sein können, nichts übersehen zu haben."
Mathew nickte still, ebenso, wie sein Bruder zuvor und folgte dem amüsierten blonden Mann mit dem Anzug in den ersten Verschlag, nachdem dieser selbigen von Mathew öffnen ließ, während er mit der Taschenlampe drauf hielt. Mathew stieß die Tür nach innen auf und diese verschwand in der Dunkelheit. Mathew blickte ihr hinterher, wie sie ähnlich einem weißen Stein, der in dunkles Gewässer geworfen wurde, langsam verschwand. Instinktiv und weil beide Männer es zuerst nicht glauben wollten, schob Victor die Taschenlampe vor und leuchtete an Mathew vorbei ins dunkle Nichts. Doch es schaffte keinerlei bessere Sichtverhältnisse. Victor drehte sie kurz nach oben, um zu sehen, ob sie wirklich noch leuchtete und Mathew, ebenso wie er, blinzelten geblendet, als sie in deren Licht blickten. Wieder wandte Victor sie der Dunkelheit vor sich zu und Mathew sah in Richtung seiner Brüder, die er gerade eben zu sich rufen wollte, als eine Rauchschwade geformt wie eine Hand nach seiner Kehle griff und ihn in die Dunkelheit zog. Es gab keinerlei Geräusch dabei. Erst als Victor es bemerkte und gleichzeitig, erfasst von unsichtbarer Kraft, von der Tür hinweg geschleudert wurde und dabei erschrocken aufschrie, wandten auch die beiden anderen ihre Aufmerksamkeit Mathew und Victor zu. Kaum drei Sekunden vergingen, bis diese bei Victor waren und Kyle in den dunkeln Raum leuchtete, während Jake dem blonden Mann aufhalf. Victor stammelte hastig, dass sich Kyle von

dem Raum fernhalten sollte, doch obwohl er nicht gehorchte und seinem Bruder hinterher hasten wollte, wurde er sogar dazu gezwungen. Denn einen Wimpernschlag vor Erreichen des Raumes schwang der Holzverschlag zu und sperrte die Drei aus. Erst drückte Kyle verzweifelt, wobei Jake, kurz nachdem Victor stand, half und dann traten beide jeweils abwechselnd, später zusammen kräftig gegen das Holz. Doch nichts half. Der Anschein, dass sich dieses morsche Gestell allzu leicht eintreten ließe war offensichtlich eine Illusion.

Schließlich gab es einen Aufschrei und Kyle sprang an die Tür, wobei er panisch versuchte, etwas zu erblicken. Voller Angst um seinen Bruder schrie er immer wieder nach Mathew, bis ihn ein gräulich-bläulicher Arm am Kragen packte und an die Tür zog. Ein leises Röcheln erschallte nahebei und ekelhafter Geruch strömte ihm entgegen. In Panik wieder aufgehetzt schrie er erneut und dieses Mal nach Jake, der zu ihm kam und sein Messer gezückt hatte, dass er sowohl bei Arbeit, als auch in Freizeit, immer an seinem Gürtel trug. Es war ein kleines Messer, doch die Klinge hatte etwa acht Zentimeter und war ziemlich scharf. Dafür sorgte Jake regelmäßig. Er klappte es auf und stach blindlings in die Finsternis ein. Einmal, zweimal und schließlich ein drittes Mal, bis der Arm zitternd abließ und nach unten fiel. Er schlug auf einem der quer befestigten Holzrahmen auf und blieb mit halb geballter Faust darauf liegen.
„Da stimmt etwas nicht!"
Die beiden Brüder hatten sich sichtbar erschreckt und sich zu Victor umgedreht, als dieser plötzlich sprach.
„Seht doch nur!"
Unter der hölzern geschusterten Tür, in deren Zwischenräumen noch immer der eigenartig gefärbte Arm steckte, kam eine sich ausbreitende Pfütze hervor, Sie hatte schwarz gewirkt. Doch Victor leuchtete nun darauf und allen dreien stockte der Atem, als sie die purpurne Färbung sahen. Dann erschallte ein kehliges, hallendes Gelächter, wie aus den Tiefen eines Tunnels hervor, dabei seltsam verstärkt. Und die hölzerne Tür brach an mehreren Stellen

auseinander, bis sie sich schließlich von selbst nach außen hin öffnete. Mit dem unnatürlich gefärbten Arm noch immer in dessen Maschen verkeilt fiel ihnen auf die Knie gestürzt und mit geschlossenen Augen Mathew entgegen. Oder es war das, was sie als Mathew identifizierten. Denn mit ihrem Bruder hatte der junge Mann nicht mehr viel gemein. Sein Gesicht war aufgedunsen und verfärbt. Ebenso wie offensichtlich sein gesamter Körper. Man hätte annehmen können, er sei am lebenden Leib am Verwesen. Die Brüder schrien auf und Jake packte voller Entsetzen nach ihm, in der Erkenntnis, dass er soeben seinen eigenen Bruder erstochen hatte.

15. Mathews Folter

Der Sog und die unerbittliche Hand, die Mathew in den Raum zogen, hüllten ihn in absolute Dunkelheit und zähe Umarmung von Kälte. Er war wie gelähmt und konnte im Stand keines seiner Glieder bewegen. Dann überkam ihn Übelkeit, als er spürte, wie sich seine Narbe rührte. Er fühlte, wie sie geöffnet wurde. Er konnte rein gar nichts dagegen tun, als es zusammen mit der Eiseskälte und seiner Lähmung über sich ergehen zu lassen. Als würde man eine frische Schnittwunde erneut anritzen und Faser für Faser trennen, bohrte sich die Dunkelheit und der Schmerz in seine Brust. Er bemerkte, dass seine Wahrnehmung trübe wurde, seine Zunge anschwoll und ein seltsames unangenehmes Kribbeln unter seiner Haut überall am Körper ausbrach. Etwas an ihm veränderte sich und breitete sich dabei unaufhaltsam über den gesamten Körper aus. Mathews Schmerz, der auf Haut, in Augen und Mund immer stärker aufflammte, übertönte nun schubweise jeden neuen Schmerz und Mathew war nicht in der Lage diesem mit Schreien und Hilferufen Ausdruck zu verleihen. Schließlich, als er glaubte, sich dem Versagen seines Körpers und seiner mentalen Gesundheit endgültig hingeben zu müssen, fiel die Bewegungsunfähigkeit von ihm ab. Er taumelte und hatte das Bedürfnis, sich selbst zu sehen. Er fühlte, dass sich körperlich etwas verändert hatte. Rein vom Brennen und dem Kribbeln auf seiner Haut, wäre er davon ausgegangen, dass er verbrannt wurde. Er hätte sich übergeben, wenn nicht sein gesamter Mund zugeschwollen gewesen wäre. Er konnte momentan nur durch die Nase atmen und seine Zunge fühlte sich wie ein überproportionaler Fremdkörper an. Mathew konnte einen leuchtenden Umriss ausmachen. Er sah ein Gitter aus diffusem Licht und bewegte sich mehr kriechend, als gehend darauf zu. Er röchelte nur, als er versuchte, nach seinen Brüdern zu rufen. Doch die Barriere um seine verbliebenen Sinne wurde gelöst und er konnte zumindest ihre Stimme hören. Er eilte sich, das helle Gitter zu erreichen und bemerkte, dass es Bewegungen hinter dem

Gitter gab, als das herein strömende Licht an manchen Stellen unterbrochen wurde. Und alles übertönend gab es immer wieder Schläge, die sich anhörten wie Donner. Doch es wurde schwächer und auch das Licht schwand.. Mathew spürte, dass seine Augen zu schwollen. Er griff nach dem Gitter und rutschte hindurch, wobei er Stoff und einen Körper spürte, nach dem er hastig griff. Voller Hoffnung rief er Kyles Namen, doch nur ein Stammeln und sabberndes Röcheln kam aus seinem Mund hervor. Er zog an Kyles Hemd, das er glaubte, gefasst zu haben und hoffte, seine Brüder würden an den Tönen, die er hervor brachte, erkennen, dass es sich um ihn handelte. Doch dann geschah etwas, womit er nicht gerechnet hatte. Er spürte Wärme und ein seltsames Stechen in der Leistengegend. Dann wurde es wieder kalt und Mathew war sich sicher, dass der Schatten zurück war. Flehentlich zog er bitterlich hoffend fester an dem Stofffetzen hinter dem Gitter aus seinem hölzernen Gefängnis. Doch ein weiterer stechender Schmerz und noch einer. Dann griff sich Mathew an die Stelle, mit der Hand, die noch frei war und mit seinem letzten Blick und mit einer durch das Licht von außen erleuchteten, schwarzen Hand, die nun in Blut getränkt war, fiel er in weißes Licht und wusste nichts mehr.

16. Die andere Seite

Alles war Licht und wohltuende Wärme. Mathew tauchte darin ein, wie in das warme Wasser einer gefüllten Badewanne. Doch dieses Gefühl war mit keiner irdischen Wohltat zu vergleichen, die er bisher fühlen durfte. Nach all dem Schmerz und der Furcht war es das wohl Erhabenste, dem ein Mensch ausgesetzt sein konnte. Er hatte das Bedürfnis vor lauter Freude zu Lachen und zu weinen. Alles war irgendwie bedeutungslos. Doch wenige Augenblicke später, an diesem Ort, den Mathew nie wieder verlassen wollte, materialisierte sich etwas vor ihm. Es war eine Silhouette, die kleiner war, als Mathew. Und er hatte keine Furcht, denn er konnte spüren, dass nichts Böses davon ausging. Er sah interessiert dabei zu, wie sie sich materialisierte.
„Mein lieber, tapferer Sohn."
Nun waren es wirklich Tränen geworden, die seinen Gefühlen am besten Ausdruck verliehen. Er stieß ungläubig Luft aus und schluchzte, als er auf sie zustürmte. Und tatsächlich konnte er sie berühren. Er konnte es gar nicht fassen und drückte sie an sich, fest entschlossen sie nie wieder los zu lassen.
„Mom! Du bist es wirklich oder? Ist das nur ein Traum. Ich habe schon geglaubt, ich hätte dich für immer verloren."
Eleonore erwiderte seine innige Umarmung und drückte fest zurück. Mehrere Momente verbrachten sie einfach nur so beisammen voller Freude darüber sich zu sehen. Dann löste sich Eleonore und blickte kurz über ihre Schulter, als spüre sie Dringlichkeit. Dann sank ihr freudiges Lächeln und sie fasste Mathew ernst in den Blick.
„Mein geliebter Sohn..."
Sie legte ihm eine Hand auf seine linke Wange, die Mathew festhielt und an sich drückte. Er wusste instinktiv, dass er seine Mutter nun nicht unterbrechen durfte und hörte aufmerksam zu.

„...du und meine beiden anderen geliebten Söhne. Ihr Drei habt etwas getan, dessen Wert ihr niemals ermessen könnt. Ich musste erst hierher kommen, um dies zu erkennen."
Mathew hatte das starke Bedürfnis zu fragen, wo dieses „hier" eigentlich war, doch er ließ seine Mutter ungestört weiter reden.
„Unser dunkler Vorfahre hat einen schweren Fehler gemacht, dich zu verletzen. Damit gab er mir die Möglichkeit mit dir zu sprechen und aktivierte etwas, dass hoffentlich sein Untergang sein wird."
Mathew spürte einen Windzug. Einen kalten Hauch, der ihm um das Gesicht wehte. Eleonore verleitete dieser erneut dazu, sich rasch umzublicken. Hastig sprach sie schließlich weiter.
„Hör mir zu mein Sohn, denn dies ist von enormer Wichtigkeit..."
Sie hielt beide seiner Arme fest und drückte zu, um ihren Worten Nachdruck zu verleihen.
„Als Kinder habt ihr einen Schwur geleistet, du und deine Brüder."
Mathew zog verdutzt die Augenbrauen zusammen und er war ratlos, wie seine Mutter davon erfahren hatte.
„Dieser Schwur mein Sohn ist der Schlüssel. Ich habe lange nach Antworten in dem Haus gesucht, dass auch mit unserer Vergangenheit verknüpft ist, doch fand nie etwas verwertbares. All seine dunklen Bücher und Notizen hatte er versteckt, bevor er starb. Doch ich fand mit deiner Großmutter etwas, dass mir Mut machte."
Wieder ein kalter Hauch und Mathew spürte ein Stechen in der Bauchgegend. Sein Umfeld veränderte sich, dass konnte er spüren. Doch seine Mutter schüttelte ihn sanft und gebot mit ihrem fast panischem Blick Aufmerksamkeit.
„Als sie noch nicht im Heim war, hatte sie sich bereits jahrelang mit dem ersten Vorfall zusammen mit einem Mann namens Marius beschäftigt. Sie wollte mich ebenfalls davon überzeugen, mit ihnen darüber zu forschen. Doch ich glaubte ihr nicht."
Eleonore machte eine kleine Pause und Bedauern war in ihrem Gesicht zu sehen, als sie kurz hinunter geblickt hatte.
„Nun ergeben ihre Worte, die sie mir immer wieder sagte, Sinn. Sie behauptete ständig, dass nur die Liebe solch finstere Zauber überwinden könne. Doch ich habe nicht verstanden, wie das

funktionieren sollte, denn Liebe hatten auch unsere Vorfahren füreinander empfunden. Gebracht hatte dies den Frauen jener Zeit jedoch nichts."

Mathew fiel es immer schwerer, den Worten seiner Mutter zu folgen. Irgendwie wurde es immer kälter und trotzdem schwitzte er irgendwie, als hätte er Fieber. Und dann war da noch dieser elende Schmerz, der sich in seinem Unterleib ausbreitete. Seine Mutter sprach weiter und er konzentrierte sich. Doch er war nicht sicher, wie viel er noch hören würde, bevor er nicht mehr konnte.

„Du musst also zu deiner Großmutter, hörst du? Ihr habt selbst etwas geschaffen, das den Fluch brechen könnte, als ihr den Schwur leistetet."

Mathew war auf die Knie gesunken und sah nun nur noch verschwommen die Gestalt seiner Mutter.

„Bitte mein Sohn... bleib bei mir und sag mir, dass du das verstanden hast."

Mathew nickte und stammelte etwas, in der Hoffnung, dass seine Mutter ihn hörte.

„Aber Großmutter ist tot. ...Und die andere spricht nicht... Ich verstehe nicht."

„Ja genau..." sprach Eleonore hektisch weiter „...du musst zu Oma Nell gehen. Geh einfach zu ihr!"

Wieder wandte sie sich um und kniete vor ihrem Sohn nieder.

„Oh Gott mein Sohn... Es tut mir so unendlich leid, dass du das alles erdulden musst. Ich bete, dass ihr es schafft. Ihr könnt die anderen retten..."

Mathew konnte nicht einmal mehr stammeln, sonst hätte er schreiend und voller Entsetzten gefragt, was seine Mutter mit „die anderen" meinte... doch nur einen Augenblick später, als sie ihn auf die Stirn küsste und er einen Wimpernschlag lang das Licht und dessen Wonne wieder spüren konnte, wusste er, was mit seiner Mutter geschehen war. Zu seinem körperlichen Schmerz kam nun auch wieder der seelische zurück und Mathew hätte sich kraftlos an ihr festgeklammert. Aber seine Mutter sah ihn nur mit einem Blick an, der so voller Hoffnung war, wie Mathew ihn seit seiner

Kindheit nicht mehr gesehen hatte und sie flüsterte ihm ein paar letzte Worte zu.
„Hab keine Angst mein Sohn und bedaure nicht die Toten. Mir wird es gut gehen... Wir sehen uns wieder... gib auf dich Acht....."
Mathew kehrte zurück in den Schmerz seines Körpers und verlor nun auch den letzten Rest seiner Empfindungen der Wonne und der Wärme des Lichts, dass ihn zuvor so tröstend empfangen hatte.
Und er wusste bevor er seine Augen öffnete, dass er seine Mutter so schnell nicht wieder sehen würde.

Mathew stand die Furcht und Trauer ins Gesicht geschrieben, als er aufwachte. Er blickte direkt in die Augen seiner beiden Brüder und Kyle packte seinen Kopf, wobei er ihn auf die Stirn küsste. Er stieß erleichtert Luft aus und lächelte froh, ebenso wie Jake. Jake packte seine Hand, während Kyle noch sein völlig verwirrtes Gesicht hielt und Jake tätschelte die Hand sanft, wobei er achtgab, dass er die Schläuche nicht berührte. Mathew spürte den Schmerz und er hätte vielleicht erst fragen sollen, was eigentlich geschehen war und langsam auf die Dinge diesseits der Realität zugehen sollen. Doch der Drang, die Wahrheit zu sagen und seine Brüder mit ins Boot zu holen überkam ihn. Erst stotterte und stöhnte er, als hätte er verlernt zu sprechen. Und gerade als er dazu angesetzt und versagt hatte, versuchte er aufzustehen, was in einem Keuchen und Bluthusten endete. Er spürte wieder die Realität und die Erinnerung kam zurück, was geschehen war. Doch er ignorierte es und drückte seine Brüder von sich, die ihn stützend und mit einem Schluck Wasser zur Seite standen. Das Wasser nahm er und schluckte voller Überwindung, da selbst diese Art der körperlichen Betätigung eine Welle des Schmerzes auslöste. Dann fuhr er mit dem inneren Schmerz fort und das ohne Umschweife.
„Unsere Mutter ist tot und sie hat eine letzte Aufgabe für uns..."

Das Krankenhaus widerte Mathew an, obwohl er erst wenige Augenblicke bewusst dort drin war. Der Geruch, die Geräusche und anderen Sinneseindrücke machten ihn kranker, als es seine körperlichen Leiden derzeit vermochten. Er sah sich um und seine

Empfindung sank hinab in schwärzeste Gefilde. Erst war es Furcht gewesen, dann Verzweiflung, die er aufgrund der Dinge in den letzten Tagen empfunden hatte. Doch nun war da nichts mehr als wilde Entschlossenheit und tiefster Hass ob der Dinge, die er nun wusste. Er würde sich an diesem Schwein rächen, dass seine Mutter getötet hatte und es ihm auf grausamste Weise heimzahlen. Er würde schon einen Weg finden.
Kyle und Jake hatten zuerst nicht wirklich verstanden, was Mathew gesagt hatte. Dann kam Unglaube in beiden auf und schließlich war nur noch dieser Ausdruck von Unverständnis und Verwirrung auf ihren Gesichtern zu sehen. Jake stand einfach nur sprachlos da und starrte Mathew an, doch Kyle schüttelte irritiert und fast gereizt den Kopf.
"Was redest du da? Komm erst einmal zu dir!"

Von Seiten der beiden älteren Brüder war es in diesem Zimmer schlagartig dunkler geworden. Mathew lag allein darin und die Männer waren ungestört. Dies erschien gerade in diesem Moment das Beste. Kyle und Jake war zudem die Resignation aufgefallen, die von ihrem jüngeren Bruder plötzlich ausging. Erst waren sie voller erleichterter Freude, als sie erfahren hatten, dass er überleben würde. Dann kam Mathew zu sich und endlich nach so viel Leid spürten sie etwas Hoffnung aufglimmen. Doch nun spürten sie, dass etwas an Mathew anders geworden war. Es war beinahe beängstigend, mit welcher Kälte er die Nachricht über den Tod seiner Mutter überbrachte. Zudem schien er geistig gar nicht wirklich anwesend zu sein und sein Blick schweifte stets zum Fenster, als sei er mit seinen Gedanken an einem anderen Ort.
„Wie lange war ich weg?"

Kyle war ebenso wie sein Bruder fassungslos bezüglich der weiteren Teilnahmslosigkeit Mathews und sein Blick war mehr als nur fragend. Er sah aus, als hätte er einen Fremden vor sich. Und Mathew musste sich eingestehen, dass sich tatsächlich etwas verändert hatte. Er hatte die andere Seite gesehen und ihre Vorzüge. Mathews Gedanken kreisten um die Spekulation, dass all das vielleicht wirklich nur ein Traum war. Doch er wollte das nicht annehmen. Es war zu beeindruckend. Zu überwältigend. So etwas konnte sich nicht einmal sein Geist ausdenken. Es manifestierte sich ein Gedanke, dass es nicht schlecht wäre, für alle Zeit dort hinüber zu gehen. Jake und Kyle beobachteten, wie Mathew regelrecht abdriftete und beinahe vollkommen der Anwesenheit in diesem Raum entsagte.

Kyle setzte sich auf sein Bett und fasste ihn an der Schulter, was eine erschreckende Reaktion hervorrief. Mathew hatte seinen Kopf so schnell gedreht und seine Augen auf die Stelle an seinem Arm gerichtet, dass Kyle ein wenig zurück zuckte und auch Jake erschreckte leicht.
„Wir haben nicht viel Zeit... Ihr geht es gut. Das sollte ich euch vielleicht noch sagen. Sie ist an einem Ort, der sämtlicher Herrlichkeit unserer Welt spottet. Keine Beschreibung würde auch nur annähernd treffend wiedergeben, was uns dort erwartet."
Die letzten Worte hatte er mehr oder weniger geflüstert und sein Blick wurde wieder leer. Er war eindeutig nicht mehr er selbst. Und nach Kyles Ansicht war er, wenn seine Geschichte der Wahrheit entsprach, zu einem Teil noch dort. Jake und er sahen sich besorgt an. Doch Mathew wandte sich ihnen zu und plötzlich waren seine Augen klar und sein Blick zeugte von schärfstem Verstand.
„Wie lange nun...?"
Wieder traf sich der Blick der beiden älteren Brüder und schließlich zeigte Jake die Courage, es seinem Bruder zu sagen.
„Fast vier Tage."
Mathews Augen weiteten sich und man konnte das Bedauern sehen, mit dem er nun haderte. Mathew hoffte inständig, dass es diesen Zeitverlust wert war. Er schlug die Decke beiseite und schwang sämtliche Schmerzen ignorierend, seine Füße aus dem Bett. Dabei zog er eine verzerrte Grimasse, verlor jedoch keinen Ton. Seine Wunde aber rebellierte sichtbar, denn auf dem Verband um seinen entblößten Oberkörper bildete sich ein roter Fleck, der sich rasch ausbreitete.

Kyle und Jake waren beide gleichzeitig bei ihm und drückten ihn in das Bett zurück. Doch Mathews Blick riss sie von ihm los. Er hatte etwas düsteres an sich und eine unnatürliche Kälte legte sich über das Zimmer, entsprechend der, mit der er zuvor gesprochen hatte.
„Wir können keine Rücksicht nehmen, auf körperliche Zugeständnisse!"
Er fuchtelte dabei an seinem Krankenhauskittel herum und band ihn fester um sich, als er mit den Nackten Füßen auf dem hässlichen mintgrünen Linoleumboden des Raumes auf patschte. Er tapste etwas unbeholfen zu einem Tisch, der nahebei dem Fenster stand und kramte in einer Tasche, die offensichtlich seine Brüder provisorisch vollgestopft hatten, mit Sachen, die sie willkürlich aus seinem Schrank zusammen gesucht hatten.
„Was ist derweil geschehen?"
Wieder der getroffene Blick, ob der eigenartigen Distanz, mit der Mathew sprach und seine Brüder wandten sich ihm zu, um ihm zu antworten. Sie waren sich dessen bewusst, dass es wichtigeres gab, als Rücksicht, doch sie sorgten sich auch um ihren Bruder. Der jedoch, soviel konnte man von seinen Absichten erkennen, eilte sich nur, um wieder auf dem Laufenden zu sein und ein Versprechen zu erfüllen, von dem seine Brüder sehr bald erfahren sollten.

Inzwischen saßen Kyle und Mathew im Wohnzimmer des Elternhauses und Kyle berichtete, wie während der Autofahrt zum Elternhaus, von den Vorkommnissen der letzten Tage. Er erzählte von seinen Onkeln und Cousins, die sie besucht hatten und nach Antworten suchten, wie auch sie es taten. Im Gegensatz zur hiesigen Familie Kondere hatten die Konderes im Nachbarstaat die Polizei eingeschaltet, die auch Kyle und Jake befragt hatte. Auch wenn diese so weit entfernt lebten, war ihnen dort offensichtlich ähnliches zugestoßen. Alle Cousinen, Tanten und Großtanten väterlicherseits waren verschwunden. Zudem seien, so waren Kyles Worte, die örtliche Polizei und Marius zusammen geraten, da er ihre Ermittlungen behindert habe. Kyle und Jake waren ebenso von der örtlichen Polizei nochmals besucht worden und der zuständige

Chef der Truppe hatte ihnen klar gemacht, dass er sie verachte, für die Tatsache, dass sie nichts im Falle dieser fürchterlichen Entführung unternommen hatten. Die Beamten waren tatsächlich der Annahme, dass sie beide sogar etwas mit der Entführung zu tun hatten und beobachteten sie nun. Dann stützte Kyle seinen Kopf und Jake kam aus dem Badezimmer mit einigen Verbandsmaterialien gerade in den Raum, als Kyle schluchzte.
„Was ist noch? Kyle...?! Da ist doch noch etwas?"
Er packte seinen Bruder am Arm und schüttelte ihn. Er blickte leicht von unten herauf, um mehr von seinem Gesicht zu sehen und Kyle war in Tränen ausgebrochen, soviel konnte er erkennen.
„Kyle...?"
Jake legte Mathew seine rechte Hand auf die Schulter und zog ihn zurück in den Sessel, auf dem er saß. Dann machte er einen Fingerzeig und Mathew nahm die Arme so weit hoch, wie er konnte, während Jake ihm aus seinem Pullover und dem Kittel, dass er beim Verlassen des Krankenhauses darunter getragen hatte, heraushalf und für Kyle weitersprach.
„Wir haben uns auch um unsere anderen betroffenen Verwandten gekümmert, bevor wir, wie an jedem Tag, den du im Krankenhaus verbrachtest, bei dir vorbei sahen. Am Ende des dritten Tages, wenige Stunden, bevor du erwachtest, wurden wir zu unserem Vater gerufen."
Das erste Mal, dass sie seit langer Zeit so über ihn sprachen und Mathew beunruhigte es irgendwie.
„Als wir eintrafen, in seinem Zimmer... da erblickte er uns und lächelte so freundlich und liebevoll. Wir wussten nicht, woran es lag und ob wir überhaupt gemeint waren. Doch dann winkte er uns schwach zu sich und bat uns heiser näher zu treten. Wir taten es nichtsahnend. Dann flüsterte er etwas."
Jake räusperte und auch er musste mit den Tränen kämpfen.
„Er sagte:
„Meine lieben Söhne... ja das seid ihr. Es tut mir so leid. Ich war euch nie ein sonderlich guter Vater. Niemals der, der ich euch hätte sein sollen."
Dann pausierte er und wir..."

Jake zeigte auf sich und den noch immer gebeugt sitzenden Kyle.
„...sind uns absolut einig, dass seine Worte aufrichtig und klaren Geistes gesprochen wurden:
„Ich ließ euch nicht dieselbe Liebe zuteilwerden, wie meinen leiblichen Kindern und ihr habt euch deswegen nie beschwert."
"Er sah uns so an, wie du es tatest, bevor wir mit dir hierher kamen. Er wirkte, als sei er nicht mehr anwesend. Und auf einen Schlag sprach er voller Freude über irgendetwas, dass wir noch nicht verstehen können, weiter zu uns, als hätte er einen letzten klaren Moment, bevor er endgültig den Verstand verlieren würde.
„Es tut mir so unendlich leid" sagte er... „Jake, Kyle... Ich liebe euch..."
Jake hatte sich auf den Boden gekniet, direkt vor Mathew, der ihn sprachlos und völlig entgeistert ansah. Ja fast ungläubig und gleichzeitig kränklich schauend saß Mathew nur da, immer noch mit erhobenen Armen und einer abstehenden Mullbinde, die halb an ihm abgerollt, noch immer in Jakes Hand lag, während dieser sich mit der anderen Hand die Augen frei wischte.
„Dann schloss er die Augen und sein Herz hörte auf zu schlagen."
Mathew sog scharf Luft ein und schüttelte apathisch den Kopf.
Dann lächelte er beinahe wahnsinnig, wie seine Brüder fanden, denn sie konnten nicht verstehen, was ihn amüsierte in so einem Moment.
„Er ist mit ihr gegangen."
Wieder fasste Mathew seine Brüder in den Blick und seine Augen wirkten tiefer als sonst. Etwas Kaltes war in seinem Blick.
„Habt sich einer von euch weiterhin im Keller umgesehen, während ich ins Krankenhaus kam? Ich denke, wir waren auf der richtigen Spur, ehe wir angegriffen wurden. Marakant muss um die Entdeckung von etwas gefürchtet haben, wenn er uns so angreift!"
Kyle ergriff das Wort und Enttäuschung lag in seinen Zügen.
„Nachdem der Krankenwagen dich geholt hatte, in dem Jake mitfuhr, sahen sich Victor und ich noch einmal um. Wir folgten dem langen Gang bis hin zum Ende. Die Tür sah genauso aus, wie in unserem Traum."

Kyle schauderte sichtlich. Und er fasste sich unbewusst an die Brust, während er weiter sprach.
„Es war ein Raum von eben jener Größe, die in unserem Traum dargestellt wurde. Und er war rund. Aber er war auch leer... Beinahe klinisch leer. Es gab nicht einmal Spinnweben in dem Raum."
Mathew sagte kein Wort dazu, sondern verzog nur leicht die Augenbrauen, wie er es oft tat. Dabei zog er eine nach oben und nahm einen nachdenklichen Blick an.

Fast eine Stunde saßen die Drei noch so auf der großen Couch, jeder in seinen Gedanken für sich versunken und die Schrecknisse überschlagend. Mathew jedoch hatte über ganz andere Dinge nachgedacht, als seine Brüder. Während Kyle und Jake der Trauer ihre Gedanken widmeten, sann Mathew über das nach, was seine Mutter zu ihm gesagt hatte. Er stand unruhig auf und ging im Raum auf und ab, bevor er, die Blicke seiner Brüder auf sich, in die Küche ging und begann Tee zuzubereiten.
„Sie sagte, wir sollen zu Großmutter gehen..."
Er sprach mit sich selbst, laut genug, dass seine Brüder es mitbekamen, doch nicht dass sie die einzelnen Worte verstanden.
„Wieso ist sie noch hier?"
Tief in Gedanken versunken, öffnete Mathew eine der oberen Schranktüren der Küchenzeile und griff nach einer der Schachteln mit den Teebeuteln. Er legte ihn in eine zuvor entnommene Tasse und ließ noch zwei Süßstofftabletten hinein fallen, wobei das Wasser bereits zu kochen begann. Dann weiteten sich seine Augen und er dachte an eine weitere Frage, die in ihm aufkam. Eilig hastete er in das Wohnzimmer, ohne den pfeifenden Wasserkessel auf der Herdplatte zu beachten.
„Kyle..."
Die Aufmerksamkeit der beiden Brüder war sofort auf ihn gerichtet und Mathew war aufgewühlt, das konnten sie beide ihm ansehen.
„Warum hat er sich Temia geholt?"
Kyles Ausdruckslosigkeit wurde von einem fragenden Laut unterstützt, der seine Fassungslosigkeit ebenso widerspiegelte. Er

blickte kurz verwirrt zur Seite und schließlich wieder zu Mathew.
Doch bevor er fragen konnte, wie er das meinte, warf sich Jake ein.
„Er hat sich alle Frauen geholt Mathew! Hast du was an den Kopf bekommen?"
Mathew hatte sich Jake zugewandt.
„Auch Michelle?"
Einen Moment sah man, dass sich Kyle und sein älterer Bruder Gedanken darüber machten, wen Mathew damit meinte und dann fiel ihnen die Frau ein, die Ben erst vor kurzem geheiratet hatte. Ben war der jüngste Cousin der Brüder. Ben war mit ihren anderen Cousins im Hause der Familie zu Gast gewesen, ehe Mathew wieder zu sich gekommen war und Kyle sagte ganz selbstverständlich, was Mathew nicht erwartet hatte.
„Ja,... auch Michelle! Sag mal, hast du dir irgendetwas am Kopf eingef...?"
Doch da wurde Jake plötzlich von Kyle unterbrochen, der zum Telefon gegriffen hatte und hastig eine Telefonnummer suchte, in dem schwarzen Notizbuch, dass stets neben dem Telefon lag. In diesem standen alle wichtigen Telefonnummern, die ihre Mutter im Laufe von vielen Jahren gesammelt hatte. Es dauerte keine Minute und Kyle stellte seinem Cousin eine Frage, dessen Antwort ihm die Farbe aus dem Gesicht trieb.
„Sie ist bei ihm."
Kyle hatte beinahe in katatonischem Zustand das Telefon sachte in die Station zurück gestellt und setzte sich langsam wieder zu seinem Bruder, der ebenso wie Mathew nicht die Augen von ihm lassen konnte. Doch Jake stammelte schließlich völlig unverständlich drauf los.
„Ja aber... Was... Wieso? Ich komm nicht mit..."
Mathew ging zurück in die Küche, schüttete das Wasser auf und ging zu dem kleinen Sessel, der etwas abseits stand, auf dem er völlig versunken Platz nahm. Dann holte er tief Luft und blickte Kyle fragend an.
„Ich glaube, dass nur Frauen vom Blute der Familie Kondere verschwunden sind. Das heißt, dass auch diejenigen betroffen sind,

die Kondereblut *in* sich trugen. Das ist bei Ben und Michelle bisher nicht eingetreten... Und ich dachte, auch bei dir nicht Kyle..."
Er schlürfte teilnahmslos an seinem Tee und Kyle hatte nun die ungeteilte Aufmerksamkeit seiner Brüder. Er senkte den Kopf und wieder sammelte sich Wasser in seinen Augen. Dennoch versuchte er die so von seinen Brüdern gekannte Stärke zu zeigen, die Mathew manches Mal beneidete.
„Es war letztes Jahr. Ich wollte so sehr eins, doch Temia hatte Bedenken. Wir hatten es gar nicht mehr geplant, geschweige denn es darauf angelegt, als wir die frohe Nachricht erhielten. An dem Morgen, als wir es der Familie sagen wollten, hatte sie jedoch über starke Schmerzen im Unterleib geklagt und Blutungen. Wir hatten es verloren und Temia bat mich, es nicht zu erzählen..."
Er schluchzte leise und wandte sich dabei von seinen Brüdern ab.
„Im Nachhinein betrachtet, hätte es gut sein können, dass das alles schon letztes Jahr passiert wäre."
Jake und Mathew schwiegen betroffen und Jake legte seinem Bruder eine Hand auf die Schulter, der ihn an sich zog und umarmte. Mathew trank noch einen Schluck von seinem Tee, stand auf und packte seinen Mantel.
„Wo willst du hin?"
Jake hatte es gefragt, während Kyle sich von ihm löste und ihn mit roten Augen ebenfalls ansah.
„Ich denke, wir sollten weiter machen. Wir haben einen Hinweis von unserer Mutter erhalten und bereits vier Tage verloren. Ich gedenke, weiter zu kommen und unsere Frauen zurück zu holen."
Er warf sich den Mantel über die Schultern und warf seinen Brüdern, die ebenfalls aufgestanden waren einen entschlossenen Blick zu.
„Und wenn das alles nicht ein Traum war und Großmutter Nell tatsächlich noch lebt, werde ich sie fragen, was ihre Geschichte ist. Denn wenn sie noch da ist, kann es nur heißen, dass sie keine Kondere ist."
Jake packte seine Jacke, wie auch Kyle, als sie die Empfangshalle betraten. Er grübelte kurz und platzte dann mit seiner Sicht der Dinge heraus.

„Die Chance besteht durchaus. Hätte es einen Zwischenfall gegeben, wären wir sicherlich vom Heim informiert worden." Mathew und Kyle nickten, während der Jüngere der Drei den Schlüssel zu seinem Auto nahm und wortlos die Führung übernahm. Seine Brüder folgten ihm zu seinem Wagen und stiegen ein.

17. Stiller Schrei

„Nell Kondere? Selbstverständlich! Sie wird sich bestimmt freuen, wenn sie gleich drei ihrer Enkel besuchen kommen."
Die Pflegerin am Empfang grinste so erbärmlich gekünstelt, dass die drei Brüder hinter der Frau herlaufend beinahe entsetzt Grimassen zogen. Dies war keine freche Reaktion auf Freundlichkeit, als vielmehr eine körperliche und unbeabsichtigte Reaktion, auf die Grimasse, die sie zuvor gesehen hatten. Erst als die Brüder sich gegenseitig ansahen, fassten sie sich wieder und räusperten sich. Die alte Pflegerin jedoch hatte davon nichts mitbekommen und führte die Männer unbeirrt in das Zimmer ihrer Großmutter.

„Oh mein Gott!"

Die Brüder waren erschreckt am Zimmereingang stehen geblieben, als die alte Dame vor ihnen das ausgerufen hatte und blickten nun vom Eingang des Zimmers aus auf die alte Frau, die zusammen gesackt im Rollstuhl ihnen gegenüber saß. Ihre Haut war Aschgrau und tief gefurcht, beinahe unrealistisch. Sie wirkte wie eine Mumie. Doch dies war nicht das furchterregende an der alten Frau. Nell saß mit weit geöffnetem Mund und panisch aufgerissenen Augen, still ins Verderben blickend und tonlos schreiend in dem Stuhl. Die Hände so fest noch immer und für alle Zeit verkrampft um die Armlehne des Stuhls geklammert. Knochen und Adern pressten sich unter der Haut hervor und auf ihrem Dekolleté etwas, das den Brüdern schaudernd Erinnerungen ins Gedächtnis rief. Sie blickten ebenso wie die alte Pflegerin auf die sternförmige Narbe auf ihrer knochigen Brust. Die Hand auf den Mund gepresst verließ die alte Frau keuchend das Zimmer und rannte in Richtung der Personaltoiletten. Die Brüder betraten vorsichtig das Zimmer, voller Angst darüber, dass möglicherweise noch immer der Geist Marakants hier verweilte. Doch sie mussten sich umsehen, da

waren sich alle drei wortlos einig. Denn sicherlich gab es einen triftigen Grund für das alles. Ihre Großmutter war gestorben, weil sie etwas wusste, dass die Brüder nicht erfahren sollten, auch da waren sie sich sicher. Alle drei, offensichtlich vom selben Gedanken geleitet, gingen zum Tisch, dem abgewandt sich die Leiche Nells befand. Darauf sahen sie ein fast vollständig verbranntes Stück Papier und radial darum eine verrußte Fläche in Form eines Kreises, als sei etwas darauf explodiert. Nur ein kleines Stück in der Mitte des Kreises war noch verblieben und darauf stand etwas. Mathew griff danach und sein Blick fiel auf einen Namen.
„Marius..."

Kyle nahm es ebenfalls kurz an sich und drehte es herum. Dahinter stand jedoch nichts und der Rest war bis zur Unkenntlichkeit verbrannt.
„Was, wenn es eine Warnung ist?"
Mathew gestand sich ein, dass dies möglich war, doch Kyle wusste nicht, dass ihre Mutter Marius ebenfalls schon erwähnt hatte und zwar im Zusammenhang mit Nell und der Zusammenarbeit mit ihm im Fall des Verschwindens der letzten Kondere-Frauen.
„Vielleicht ist es aber auch ein Brief, der uns die richtige Richtung weisen soll. Vielleicht sollten wir Marius doch vertrauen."
Wieder ein kurzer Drift in die Welt seiner Gedanken und Mathew sprach aus, was auch den anderen Brüdern in den Sinn gekommen war.
„In jedem Fall scheint er unsere letzte Chance zu sein."

Kyle fuhr jetzt und Mathew hatte hinter Jake Platz genommen, nachdem sie sich entschlossen hatten, erneut Marius aufzusuchen. Allen dreien war die Erschöpfung anzusehen. Mathew hatte mit leichtem Fieber zu kämpfen, dass sicherlich von der Wunde ausging und er drückte stets mit einer Hand auf den Verband, wenn seine Brüder es nicht sahen. Kyle und Jake hingegen hatten mit unzureichendem Schlaf zu kämpfen. Sie hatten besonders in den letzten Tagen so gut wie gar nicht geschlafen. Ihre Arbeit war zu einer Nebentätigkeit geworden, die sie zumeist nach ihren täglichen Nachforschungen und Aufbrüchen erledigten. Das Meiste wurde nur noch delegiert. Dann wenn sie schließlich schlafen durften, konnten sie es nicht, wegen ihrer Gedankenstürme voller Sorgen, Angst und Ungewissheit. Sie beide hatten aus irgend einem Grund schon geahnt, dass ihrer Mutter etwas zugestoßen war. Sie hatten untereinander darüber gesprochen, doch noch nicht mit Mathew. Am zweiten Abend, nachdem Mathew erstochen wurde, fielen beide zu Hause angekommen in einen seltsamen Schlaf und träumten von ihrer Mutter. Sie träumten beide den selben Traum. Und als wäre das nicht genug gewesen, war es offensichtlich wenige Stunden vor ihrem tatsächlichen Tod, wenn sie der Geschichte Mathews Glauben schenken konnten. Zu allem Überfluss war der Schlaf, der diesem Traum voraus ging nicht als solcher zu werten, denn beide waren danach körperlich völlig erschöpft. Und als hätte das nicht gereicht, war ihnen selbst danach kaum Schlaf vergönnt gewesen, denn beide wurden in den folgenden Tagen von Verwandtschaft, Beruf und Polizei mächtig auf Trab gehalten. Hätten sie beide gewusst, wie wichtig diese Information gewesen wäre, hätten sie darüber auch mit Mathew gesprochen. Doch im Vergleich zu den seltsamen Vorfällen der vergangenen Woche schien es für beide eine geradezu unbedeutende Rolle zu spielen.

„Ich dachte, die Polizei hätte ihn festgenommen. Was wollen wir also dort?"
Kyle drehte das Radio leiser und wandte sich halb zu Mathew um.
„Ich hoffe, dass zumindest Victor noch frei ist und in der Lage uns zu helfen."
Kyle dachte augenblicklich über etwas nach, dass ihm bei dieser Ansage in den Kopf schoss. Seit dem Abend, an dem Mathew von Jake verletzt worden war, hatten sie Victor nicht mehr gesehen. Auch wenn er noch da war, um Mathew am Leben zu erhalten, bis der Krankenwagen vor Ort war, war Kyle gespannt auf die Erklärung des jungen Mannes. Zudem fragte er sich, wie es ihm wohl ging, ohne seinen Boss, insofern Marius als solcher zu sehen

war. Er schüttelte kaum merklich den Kopf, als ihm bewusst wurde, wie wenig er und seine Brüder eigentlich über diese eigenartige Firma und ihre zwei seltsamen Vorsteher hatten. Er hoffte sehr, dass sie nicht leichtfertig waren. Doch wie es Mathew schon gesagt hatte, blieb ihnen kaum eine Wahl, denn sie tappten in absoluter Dunkelheit. Kyle war ob dieser Tatsache mehr als beschämt und auch seine Brüder hatten den ein oder anderen Gedanken diesbezüglich verdauen müssen. Sie wussten gar nichts und der einzige hilfreiche Hinweis war gestorben. Auf welch grausame Weise mochten sich die Drei nicht vorstellen.

Victor sah sich noch einmal im Glas der Eingangstür an und setzte ein Lächeln auf, dass seiner Ansicht nach betörender war, als jedes, dass man hier auf dieser Polizeiwache jemals gesehen hatte. Er spazierte erhobenen Hauptes auf den gesicherten Empfangsbereich zu und lächelte den Polizisten, der auf sein Begehr wartete, freundlich an. Dies war das Letzte, woran sich der Polizist erinnern sollte, doch davon hatte er zu diesem Zeitpunkt keine Ahnung. Victor sah den Neuling mit einer Mischung aus überheblichem und amüsiertem Blick an. Dann, als der junge Polizist ihn direkt ansah, senkte sich das Lächeln Victors und seine Pupillen vergrößerten sich merklich.
„Öffne die Tür... Jetzt!"
Der Polizist nahm eine aufrechte, dabei jedoch merkwürdig schlaffe Haltung an und seine Augen wirkten abwesend. Dann lallte er und drückte den Türöffner, der direkt in das Büro des Präsidiums führte.
„Natürlich, was immer Sie sagen. Herzlich willkommen."
Etwa zehn Minuten, nachdem Marius die Anwesenheit seines Vertrauten gespürt hatte, öffnete sich die Tür der Untersuchungszelle und ein Schrank von Polizist trat ein, wobei er Victor höflichst darum bat, einzutreten. Victor verneigte sich halb und tat wie angeboten, als er sich auch schon zu dem alten Mann begab und ihn fröhlich grüßte.
„Alle Beweise für eine Involvierung unsererseits sind ausgemerzt, ebenso wie sie es gewünscht haben."

Der alte Mann nickte zufrieden und stützte sich auf seinen Gehstock, als er sich erhob. Er hatte noch immer die Kleidung am Leib, die er getragen hatte, als man ihn festgenommen hatte, da er etliche Stunden verhört worden war. Marius wusste, dass es keine Erinnerung und auch keine Akte mehr gab, die ihn mit diesem mysteriösen Fall in Verbindung brachte.
„Was ist mit den Brüdern?"
„Ahnungslos!"
„Werden sie uns vertrauen?"
„Sie haben keine Wahl."
Der alte Mann lächelte angedeutet und ging eiligen Schrittes an Victor vorbei zu dem Officer, der an der Zellentür stand. Er besah ihn sich und wandte sich wieder Victor zu.
„Was hat so lange gedauert?"
„Ich habe diese vermaledeite Akte nicht gefunden. Bürokratischer Saustall!"
Ein erneutes Lächeln und die Beiden verließen die Wache, wobei sie über ein Dutzend völlig verwirrter Polizisten zurück ließen.
„Wir sollten uns beeilen. Die Jungs warten sicher schon auf uns."
Victor lächelte überheblich und öffnete dem alten Mann die Autotür.
„In der Tat.."

18. Marius und seine Firma

Mathew und seine Brüder stiegen die Treppe zu dem Bürokomplex hinauf und fanden sich am Empfang wieder, den sie schon einmal passiert hatten. Dieses Mal jedoch kam ihnen dort direkt eine Dame mit samt rosa Bluse entgegen und fing sie sogleich ab.
„Ah, sie müssen die Herren Kondere sein. Mein Chef hat sie bereits angekündigt. Er sagte, dass sie heute Vorrang haben und bittet sie in seinem Büro auf ihn zu warten. Er wird sich beeilen herzukommen."
Die Drei sahen sich verdutzt an und taten wie geheißen, als die Sekretärin voraus ging und sich erkundigte, ob sie eine Erfrischung oder Kaffee anbieten dürfe. Kyle und Mathew nahmen einen Kaffee, während Jake ablehnte und seine Brüder ins Vertrauen zog. Dann brachte die aufdringliche Dame doch drei Kaffee.
„Wie konnten die das wissen?"
Mathew zuckte mit den Achseln, als er seinen ersten Schluck Kaffee nahm. Kyle stellte seinen auf die Seite und blickte mit Jake zusammen Mathew fragend an.
„Jake hat vollkommen Recht. Das ist mehr als seltsam."
Mathew jedoch schien unbeeindruckt.
„Nun..."
Auch er stellte seinen Kaffee auf ein kleines Tischchen und schlug die Beine übereinander, wie er so oft tat. Dann setzte er sich zurück und schmunzelte.
„...er ist eben ein sehr talentierter Empath. Das sollte uns bei den Dingen, die wir in der letzten Zeit erlebten nicht mehr verwundern."
Kyle schüttelte den Kopf. Er gab sich damit nicht zufrieden.
„Vor knapp zwei Wochen noch haben wir alle nicht einmal an solche Dinge geglaubt. Und nun finden wir uns in dem reinsten Gruselkabinett seltsamer Vorkommnisse wieder."
Jake nickte zustimmend.

„Da hat er Recht. Immer mehr glaube ich, dass diese ganzen Dinge irgendwie zusammen hängen."
Mathews Schmunzeln verflog und er zeigte mehr von der Sorge, die er damit überspielt hatte. Ihm war bereits vor dem Vorfall mit dem Messer klar geworden, dass seine eigene Familie Geheimnisse verwaltete, die er sich nicht mal annähernd vorstellen konnte.
„Ich sehe das genauso wie ihr. Ehrlich. Doch ich bezweifle, dass wir alleine weiter kommen. Wir haben nicht einmal einen Ansatz, bei dem wir beginnen könnten."
Er legte sich die Hand auf die Stirn und beugte sich vor, was er gleich wieder unterbrach, als sich der Schmerz in seiner Leiste noch stärker meldete, als zuvor. Und ein Hauch seiner Verzweiflung schlug sich in seinen Worten nieder.
„Und Zeit haben wir auch bald keine mehr."
„Vielleicht brauchen wir die auch gar nicht mehr."
Mathew sah ebenso erschreckt zum Eingang des Büros, wie auch seine Brüder und das optimistische Lächeln des alten Mannes verstörte alle drei zuerst einmal.
„Möglicherweise sind wir der Lösung bereits näher, als wir es ursprünglich glaubten."

Mathew konnte den Optimismus des alten Mannes nicht nachvollziehen. Er war skeptisch, ebenso wie seine Brüder und dass Marius sich nicht erklärte, bevor er nicht in aller Ruhe auf seinem Sessel Platz genommen und sich von Viktor einen Tee bringen hatte lassen, strapazierte die Geduld der drei Männer beinahe ins Unerträgliche.
„Das war seine Absicht..."
Marius hatte eben noch mit einer nahezu zermürbenden Beharrlichkeit seinen Tee umgerührt, als er den Löffel plötzlich auf den Servierteller klirren ließ und sich mit den damit verbundenen Worten die volle Aufmerksamkeit der Brüder sicherte.
„....Er beabsichtigte, euch glauben zu machen, dass ihr absolut keinen Weg habt. Er lässt euch annehmen, dass ihr ohne Ziel seid. Doch in Wirklichkeit hat er uns unser Ziel klar vorgegeben.

Marakant hatte viel Zeit, zu solch einer gewitzten Bestie zu werden, die er jetzt ist."
Marius und Viktor wechselten einen flüchtigen Blick und der alte Mann erkannte, dass die Brüder nicht wirklich wussten, worauf Marius hinaus wollte.
„Der Keller..."
Jetzt lag die Überraschung in den Zügen des alten Mannes und von Viktor. Doch es handelte sich um positive Überraschung. Dass erkannte Mathew auch ohne sie anzusehen. Er hatte sich seinen Brüdern zugewandt und Kyle schüttelte energisch den Kopf. Er hatte verstanden, worauf sein jüngerer Bruder hinaus wollte.
„Auf keinen Fall! Hast du den Verstand verloren?"
Kyle deutete auf Mathews Wunden.
„Da letzte Mal hat uns um ein Haar auch noch einen Bruder gekostet. Ganz bestimmt werden wir nicht noch einmal an einen Ort gehen, der vielleicht damit abschließt!"
„Auch noch?"
Marius hatte diesen fragenden Ausruf in die Diskussion geworfen und Viktor erklärte es.
„Sie haben jemanden verloren. ...Ihre Eltern. Ich konnte den Schmerz schon spüren, da hatte ich das Gebäude noch gar nicht betreten."
Nur Mathew, der nicht erneut sprachlos war, ob der beeindruckenden Fähigkeiten des Empathen gegenüber sich, war aufgefallen, dass Viktor ihm einen seltsam fragenden Blick zuwarf. Hatte er etwas erkannt? War da etwas in Mathews Gedanken, von dem er selbst nichts wusste? Zu schnell hatte sich Viktor wieder abgewandt, um seine Züge zu lesen. Doch Mathew wusste, dass etwas ihn betreffend den jungen blonden Mann beschäftigte.
„Das tut mir sehr leid für euch Freunde. Ich habe auch erfahren, dass Nell meine geliebte alte Freundin, einem hässlichen Zwischenfall zum Opfer gefallen ist. Ich kann nur erahnen, wie es ist, auf einen Schlag so viel Verlust zu ertragen."
Mathew winkte ab. Beinahe kalt wirkte es und gefühllos, dass selbst die zwei Männer hinter dem Schreibtisch, obwohl nicht selbst betroffen, ein erstauntes Gesicht aufsetzten.

„Und genau deswegen müssen wir weiter zur Tat schreiten. Wir dürfen diesem perversen Schwein keine Frist geben, um sich zu erholen. Keine Zeit geben, weiter zu morden. Jede verstrichene Minute könnte ein weiteres Opfer bedeuten."
Marius nickte, nicht wenig überrascht, doch auch zufrieden, dass Mathew sich so entschlossen zeigte. Er wusste, dass seine Brüder dem nichts entgegen zu setzen hatten. Denn es entsprach leider den Tatsachen.
„Dann ist es also beschlossen?!"
Mathew nickte bestätigend.
„Ja. Ich für meinen Teil werde auf jeden Fall den Keller erneut aufsuchen. Es wirkte schon beinahe wie eine Verzweiflungstat Marakants, dass er so drastisch zuschlug."
Mathew pausierte kurz und strich sich vorsichtig über seine verbundenen Wunden.
„Er kann uns nicht töten, ansonsten hätte er es einfach getan, da bin ich mir sicher. Er musste eine List nutzen, um uns dazu zu bewegen, uns gegenseitig zu verletzen. Wenn wir etwas vorsichtiger sind, werden wir auch unbeschadet wieder aus diesen Räumen heraus kommen."
Kyle hatte zu einem Einwand angesetzt, ebenso wie Jake auch, deren Versuche mit einem resignierten Handschwung abgesägt wurden. Mathew war fest entschlossen.
„Irgendetwas dort unten sollten wir nicht sehen. Und ich werde herausfinden, was es ist!"
Mathews Gedanken kreisten um die Worte seiner Mutter, die vom Blut handelten. Ihr Blut sei der Schlüssel. Dies ging ihm nicht mehr aus dem Kopf und er versuchte verzweifelt die Bedeutung dieser Worte zu verstehen. Man mochte es unter seiner ungeheuchelten Entschlossenheit nicht gleich erkennen können, doch in Wirklichkeit fürchtete sich Mathew ebenso sehr wie seine Brüder vor einem erneuten Gang in die dunklen Katakomben ihrer Vorfahren. Er konnte noch immer das brennende Gefühl spüren, dass sich über seinen Körper ausbreitete, als Marakant ihn mit dem Fluch belegte, der schließlich zu seinem Beinahe-Tod führte. Wie ein untotes Wesen, das einst dasselbe Blut in seinen Adern hatte,

wie auch Mathew, bloß von solch pervertierte Grausamkeit geprägt sein konnte und seine eigenen Brüder dazu bringen konnte, ihm zu schaden. Dies verursachte mehr Schmerz in ihm, als jede Wunde, die dieser rastlose dunkle Geist über ihn bisher gebracht hatte. Und er konnte sehen, dass sich dieser Schmerz auch in Jake und Kyle bemerkbar machte. Wobei Jake als die Messer führende Hand wahrscheinlich am Meisten darunter litt.
„Ich werde euch erneut begleiten."
Es war Viktor, der Mathew und seine Brüder aus ihrer Gedankenwelt zurück in die Realität riss. Sie alle waren kurz verloren gewesen, in den Gedanken um die Konsequenzen einer solchen Entscheidung.
„Nein."
Das gerade Jake sich einschaltete und protestierte wunderte Mathew. Doch er hatte eine einleuchtende Erklärung für seinen Protest.
„Wir sollten auf keinen Fall alle zusammen gehen. Wenn Marakant tatsächlich immer stärker wird in der Frist, die uns noch bleibt... und irgendwie fühlt sich das so an..."
Jake fasste sich an die Brust und in diesem Moment wurden Kyle und Mathew ebenso dazu verleitet. Mathew wusste nicht, ob es Kyle ebenso ging, doch er selbst hatte das Gefühl gar nicht wahrgenommen. Mochte es an seinen Wunden oder der Ablenkung liegen, doch die bedrückenden Schmerzen und das Kältegefühl um die Sternnarbe wurde tatsächlich stärker. Es auf diese Weise zu deuten, war Mathew nicht in den Sinn gekommen.
„...Doch wenn Marakant uns durch diese Male zu lenken oder manipulieren vermag, ist jeder in unserer Nähe erheblicher Gefahr ausgesetzt. Und wir brauchen jemanden, der unseren Kampf weiter führt, wenn wir es nicht schaffen sollten."
Kyle empfand ebenso wie Mathew keineswegs, dass diese Worte übertrieben besorgt waren. Es war Realismus, der sich in ihnen widerspiegelte. Kyle legte die Hand auf Jakes Schulter und nickte ihm zu, als dieser ihn um Bestätigung bittend ansah. Auch Mathew nickte zustimmend. Victor wollte offensichtlich protestieren, doch Marius fasste nach seinem Arm.

„Ich denke auch, dass das keine gute Idee wäre."
Marius befeuchtete sich die Lippen und nippte noch einmal an seinem Tee, bevor er seine Aussage bekräftigte.
„Diese drei Jungs kennen sich besser, als sie dich kennen und sie sind auf eine Situation wie die letztes Mal vorbereitet. Wenn Männer, die sich kennen solch einer Gefahr gegenüber stehen, kann solches Wissen von Vorteil sein. Jedoch einem Menschen in einer solchen Situation Vertrauen zu schenken, der ihnen weitestgehend fremd ist, könnte sich geschickt zu einer Falle manipulieren lassen. Es wäre also möglich, dass ihnen ihre Familienbande von Vorteil sind, in dem was sie erwartet."
So wie sich das anhörte, zweifelte Jake fast selbst an seiner Entscheidung und auch Kyle und Mathew wurde bewusst, dass sie ein gewaltiges Risiko eingingen. Alles in allem würde es sicherlich keine leichte Aufgabe werden.
„Dennoch würde ich vorschlagen..."
Und Marius legte absichtlich einen befehlenden Ton in seine Worte.
„...dass ihr euch zuerst einmal ausruht. Ihr seht schlimm aus meine Lieben. Es ist schrecklich genug, dass er euch körperlich schadet. Aber er muss euch nicht auch noch völlig zermürben."
Marius stand mit ächzenden Knochen auf und streckte sich leicht durch, wie es manche Männer taten, wenn sie damit zeigen wollten, dass sie trotz mangelnder körperlicher Befähigung über nicht minderem Pflichtgefühl verfügten. In solchen Momenten dachte Mathew an seinen Großvater. Er fand es irgendwie inspirierend.
„Bitte folgt mir... Ich möchte euch gern etwas zeigen."

Marius ging voran, dicht gefolgt von Victor. Sie führten die Drei Brüder in einen Nebenkomplex, den sie durch einen gläsernen Durchgang erreichten. Es schien auf den ersten Blick eine Art Wohnkomplex zu sein, der zur Firma gehörte und als sie das Gebäude durchquerten, hatten die Brüder eine Ahnung davon, dass dies nur die Spitze des Eisberges war. Marius bestätigte diese Vermutung.

„Das alles hier gehörte einst zu einer militärischen Einrichtung. In diesem Gebäude gibt es Schießstände, Labors, Krankenstationen und sogar eine Trainingshalle. Zudem eine Waffenkammer, eine Überwachungszentrale und den Wohnbereich, in den ich euch zu führen gedenke."
Marius zeigte in den vor ihnen liegenden Teil des Gebäudes.
„Doch zuerst möchte ich euch noch einen anderen Raum zeigen und eine kleine Bitte an euch richten."
Marius blieb an einer grauen Tür stehen und nickte Victor zu, der an ihm vorbeihuschte und die Tür nach innen öffnete. Dahinter befand sich, wie die Männer nun sehen konnten, ein Utensilien-Raum mit modernster Überwachungstechnik. Auf der anderen Seite des Raumes gab es zudem Waffenregale angefüllt mit großen und kleinen Waffen. Vom Elektroschocker, bis hin zum automatischen Gewehr und Sprengstoff.
„Ich wäre euch dankbar, wenn ihr zumindest eine Kamera mitnehmen würdet. Wenn es ergebnislos sein sollte, dann haben wir noch zu verwertendes Videomaterial. Es ist immer gut, wenn mehrere Augen sehen können, was geschieht und ich lasse das Material dann von einem Experten für Paranormales überprüfen."
Mathew hatte diesem Wort irgendwie einen eigenartigen Beigeschmack belegt. Dieser Marius und seine Firma, die Dinge tat, von denen er und seine Brüder noch immer keine Ahnung hatten, waren sehr gut organisiert und finanziert. Irgendwie zweifelte er daran, dass diese Firma ihm und seinen Brüdern völlig selbstlos zur Seite stand. Doch bis er wusste, was der wahre Grund war, würde er ihnen erst einmal vertrauen müssen und die Hilfe, die sehr gelegen kam, annehmen. Er sah ohnehin keine andere Wahl für sich und seine Familie.
„Wenn ihr dem Gang dort weiter folgt, kommt ihr zu den Korridoren mit den Unterkünften."
Marius verwies den Flur entlang.
„In den Nachttischen findet ihr schlaffördernde Tabletten. Im ersten Raum auf der linken Seite jedes Korridors von hier aus gibt es eine Kleiderkammer mit Overalls und verschweißter frischer Unterwäsche in verschiedenen Größen."

Marius pausierte kurz und warf einen verstohlenen Blick in Richtung der drei Brüder.
„Ich möchte mich keineswegs aufdrängen, doch ich würde euch bitten, die Nacht hier zu verbringen und eure Schlafaktivitäten von mir aufzeichnen zu lassen."
Er stützte sich schwer auf seinen Stock und zeigte einen besonders besorgten Blick.
„Da ihr nun wieder alle drei bei Bewusstsein seid, wäre es durchaus möglich, dass Kaleb erneut versucht, in euren Träumen zu euch zu kommen."
„Was wollen sie dagegen tun?"
Die Frage kam von Jake und seine Brüder waren gespannt auf die Antwort.
„Ich werde wohl nichts dagegen unternehmen können. Doch ich möchte die Auswirkungen aufzeichnen und die körperlichen Reaktionen. Dies könnte uns helfen, ebenso wie alles was wir aufzeichnen, wenn wir dieses Mal nicht erfolgreich sein sollten."
Mathew gab dem alten Mann Recht, doch ebenso wie seine Brüder wollte er von einem Fehlschlag zu diesem Zeitpunkt lieber nichts wissen. Mathew für seinen Teil stimmte jedoch mit einem stillen Nicken zu und seine Brüder zögerten nur kurz, bevor sie das Gleiche taten.
„Wir werden es tun, doch mir persönlich wäre es lieber, wenn ich zu Hause ein paar persönliche Sachen holen könnte."
Mathew wollte keinesfalls mehr Zeit in diesem Komplex verbringen, als unbedingt nötig. Und seine Brüder richteten die selbe Bitte an Marius. Dieser erklärte sich erfreut einverstanden und lächelte fröhlich.
„Doch gestattet mir, euch heute Abend als meine Gäste in der Mensa dieses Gebäudes begrüßen zu dürfen. Ich werde euch dann auch das Forscherteam vorstellen, dass euren Schlaf überwachen wird. Die Brüder stimmten erneut zu und verließen seltsam erleichtert das Gebäude, um zu Mathews Auto zu gehen.

19. Kunde von der anderen Seite

„Jake, ich lass dich dann direkt bei dir zu Haus raus, oder? Du liegst ja beinahe auf dem Weg."
Jake nickte in Gedanken versunken und kratzte sich am Hinterkopf, als ihm ein Gedanke kam, den seine Brüder in der Form auch schon hatten.
„Irgendwie finde ich seine Hilfsbereitschaft recht eigenartig. Er stürzt sich ganz schön in Unkosten was?"
Kyle wandte sich halb zu dem Gebäude um, dass sie gerade verlassen hatten und stimmte nickend zu.
„Allerdings! Und ich frage mich, was wirklich hinter dieser Firma steckt. Ist euch aufgefallen, dass uns außer der Sekretärin kein Mensch entgegen kam?"
Auch Mathew hatte das bemerkt. Er hatte es auch merkwürdig empfunden, dass an einem Donnerstagnachmittag keine einzige Person in den beiden Gebäuden beschäftigt war, als die Sekretärin. Was bloß machte diese Firma? Diese Frage ließ allen dreien keine Ruhe. Die mutigsten und teilweise irrsten Thesen wurden auf dem Weg zu Jakes Haus aufgestellt, wobei seltsamerweise Marius zumeist mit illegalen Aktivitäten in Verbindung gebracht wurde. Es mochte an dem allgemeinen Misstrauen der Brüder gegen den alten Mann zusammen hängen, oder mit dem seltsamen Gebäude, dass militärischen Ursprungs war, doch alle drei sahen keinen gerechtigkeitsliebenden Mann in dem alten gebeugten Kerl, mit dem sie am Abend essen würden. Nicht weniger schlecht kam dabei sein Gehilfe, Assistent, oder was auch immer Victor war, dabei weg. Es war schon ein seltsames und zwielichtiges Paar, dem sie ihr Vertrauen momentan notgedrungen schenkten.

Jake einigte sich mit seinen Brüdern, dass er sie Beide zwei Stunden später wieder vor seinem Haus treffen würde und sprang aus dem Auto. Sie hielten es für einen angemessenen Zeitrahmen und Kyle versprach Mathew, als er ihn kurz verabschiedete,

nachdem er sein Auto beim Elternhaus gestartet hatte, dass sie bei der erneuten Abfahrt sein größeres Auto nehmen würden. Mathew nahm es als eine gute Idee an und verschwand grinsend im Elternhaus. Als die Tür zugefallen war, tauchte alles im Haus in tiefe Dunkelheit und Mathew bekam es mit der Angst zu tun, außerstande, sich zu bewegen. Doch es war nicht das, was er vermutet hatte. Aus der Dunkelheit, die sich über das Innere des Hauses legte, ging ein Gefühl und eine Wärme hervor, die Mathew zuvor schon einmal empfunden hatte und wieder kam der starke Drang in ihm auf, sich ebenfalls dort hin zu begeben.
„Hallo Sohn."
Die Stimme hatte ihn zuerst geschockt, dann jedoch voller Freude berührt. Er sah zwei Gestalten, die sich vor ihm in Licht getaucht materialisierten. Eine davon war um einiges größer, als die andere und hielt die kleinere Gestalt im Arm.
„Mutter, Vater?"
„Ja mein Sohn. Wir sind es."
Jetzt formten sich aus dem Licht klare Züge und Gestalten. Vor Mathew standen seine Eltern. Beide Arm in Arm und glücklich, wie es schien. Doch nicht ohne Sorge im Gesicht.
„Wir sind so stolz auf euch Mathew. Ich kann es dir nicht sagen, wie sehr uns leid tut, was geschieht."
Die Stimme seines Vaters war im Gegensatz zu seiner Stimme zu Lebzeiten ruhig und voller gelassener Erhabenheit. Sie hatte etwas Friedliches an sich, dass Mathew stark beneidete, in gerade dieser Zeit, die er jetzt durchlebte.
„Wieso könnt ihr zu mir kommen? Wie ist das möglich?"
Mathew hatte nie wirklich an solche Dinge geglaubt. Seiner Ansicht nach, war nach dem Tod alles zu Ende und die Existenz ausgelöscht. Doch hier standen seine Eltern inmitten tiefster Dunkelheit in warmes Licht getaucht, dass ein Gefühl tiefen Friedens mit sich brachte, ganz im Gegenteil zu der Empfindung, die mit der Anwesenheit Marakants einherging.
„Du bist der Grund, weswegen wir mit dir reden können. Deine Verbindung mit der anderen Seite hat noch immer Bestand."
Mathew hatte eine gewisse Ahnung, was das zu bedeuten hatte.

„Wegen meines Nahtoderlebnisses?"
Mathews Mutter wirkte noch weit besorgter als ihr Mann und schüttelte sachte den Kopf.
„Nicht nur mein Sohn... dies ist vielleicht ein Mittel zum Zweck, doch das Warum liegt an deinem starken Wunsch mit uns zu gehen. ...Du solltest die Toten nicht beneiden Mathew."
„Tut mir Leid Mom. Doch ich fühlte mich dieser Welt noch nie zugehörig, das weißt du doch, nicht wahr?"
Eleonore nickte verständnisvoll und Nored sah sich plötzlich hektisch um. Wieder sah Mathew die Dringlichkeit in den beiden, die er bei seinem letzten Gespräch mit seiner Mutter ebenfalls schon gesehen hatte.
„Hör zu, mein Sohn. Es gibt etwas, dass du wissen solltest..."

Das Auto seines Bruders fuhr vor und Mathew wischte sich die letzten Tränen weg, die noch aus dem voran gegangenen Gespräch resultierten. Dann schnappte er sich den Rucksack, den er noch schnell gepackt hatte und verließ eilig das Haus, darauf achtend, sich nicht allzu auffällig zu verhalten. Mathew war bewusst, dass sein neu erlangtes Wissen nicht rechtmäßig erworben war. Er konnte seinen Eltern wie zu Lebzeiten auch ansehen, dass sie etwas verbotenes getan hatten und das sie ihm etwas anvertraut hatten, dass im Reich der Toten hätte bleiben sollen. Besorgt und zugleich bestrebt, es seinen Brüdern, die beide im Auto warteten, nicht zu erkennen zu geben, schwang er sich in den Wagen und sie fuhren erneut zu Marius. Sie hielten noch kurz bei Jakes Haus, der, sich die Augen wischend, die Treppe hinunter gelaufen kam. Mathew war keineswegs entgangen, dass auch Kyle, als er eingestiegen war, rote und gereizte Augen aufwies. Beide seiner Brüder versuchten zwanghaft Stärke zu zeigen und ihre Gefühle zu verbergen. Dies war etwas, dass Mathew nie verstanden hatte. Zumindest den Gefühlen der Trauer und des Unverständnis sollte man seiner Meinung nach freien Lauf lassen dürfen. Doch er wusste, dass viele Menschen so dachten, wie seine Brüder. Besonders Männer, dachte Mathew. In dieser Einstellung fand sich jedoch für Mathew nicht viel Stärke. Aber Kritik an der Art der

Gefühls- und Trauerbezeugung seiner Brüder war zu diesem Zeitpunkt vollkommen unangemessen. Erneut dachte er lieber an das Gespräch mit seinen Eltern. Die Aufgabe, die ihm bevorstand, würde ebenfalls etwas sein, dass er seinen Brüdern nur schwer würde beibringen können. Und er fühlte, dass ihn die Erkenntnis seiner Eltern noch mehr bedrückte, als die Aufgabe, die ihn erwartete.

„Marakant ist möglicherweise ein unruhiger Geist mein Sohn..."
So hatte sein Vater es genannt. Doch warum konnte er Einfluss auf sie alle nehmen? Warum war er nicht wie seine Eltern an die Nahtoderfahrung ihres Sohnes gebunden?

Ein Teil des Gespräches zwischen Mathew und seinen Eltern:

„Aber ihr seid euch nicht sicher, nicht wahr?"
Nored nickte nur besorgt, während seine Mutter die Ausführungen weiter führte.
„Das ist wahr mein Sohn. Wir haben hier viel Hilfe, musst du wissen. Marakant hatte bereits zu Lebzeiten großen Einfluss und heikle Kräfte. Doch all die Verwandten und Freunde auf dieser Seite, die bereits seit vielen Jahren nach einer Antwort suchen, konnten uns nicht erklären, wie er es bewerkstelligt."
„Also ist er mehr als nur ein Geist?!"
Nored und Eleonore sahen sich besorgt an und Ratlosigkeit trat in ihre Züge. Nored bestätigte diese Vermutung.
„Es ist so... Wir können ihn gar nicht sehen. Das heißt, dass er entweder mehr als nur ein gewöhnlicher Geist ist, oder er ist gar kein Geist."
Kurz trat Stille ein und man konnte beobachten, wie es in Mathew arbeitete. Seine Gedanken überschlugen sich und er kam zum einzig möglichen Schluss.
„Aber das hieße ja dann, dass er noch lebt. Das kann nicht sein!"
Wieder blickte sich Nored um, als hätte er etwas gehört, dass sich Mathews Wahrnehmung entzog. Derweil nutzte Eleonore den letzten Moment, um Mathew eine Warnung zuzusprechen.

„Mein lieber Mathew... Du musst dich vorsehen! Wir haben dir schon mehr verraten, als wir dürften, denn eine Einmischung ist uns nicht gestattet. Doch wir konnten dir bedauerlicherweise nicht ausreichend zur Seite stehen. Bitte gib auf dich Acht und sei wachsam. Du weißt jetzt, dass du dich vor den Lebenden in Acht nehmen musst."
Plötzlich kam seine Mutter auf ihn zu und umarmte ihren Sohn mit einer Fülle von Liebe und Behaglichkeit, die Mathew niemals zuvor verspüren durfte. Denn diese Liebe konnte Mathew mit allen Sinnen wahrnehmen. Es war unbeschreiblich.
„Lass mich dir dieses Geschenk mit auf deinen Weg geben... du wirst es brauchen wenn du deinem..."
Die letzten Worte waren verschwommen von singenden Winden, die Mathew gleich unsanftem Wachwerden aus einem Tagtraum rissen. Und Mathew hatte verstanden, worum es ging, denn ihm war nicht nur Liebe gegeben worden, sondern auch ein wichtiger Hinweis und noch etwas anderes, das ihm bisher jedoch verborgen blieb. Jedenfalls noch.

Mathews Sinne und Gedanken waren wieder in der Gegenwart, als der Wagen seines Bruders hielt und die erste Tür ins Schloss knallte.
„Ich weiß ja nicht, wie es euch geht, aber ich hätte sicher nicht zugesagt, wenn nicht noch ein paar andere Leute mit dabei wären."
Kyle stimmte Jakes Bemerkung zu, als er ausstieg und Mathew schlug auch seine Autotür zu, während er etwas sagte, dass seinen beiden Brüdern einen Schauer über den Rücken jagte.
„Nur weil andere Menschen dabei sind, sind wir nicht sicher. Denkt an Victors Kräfte. Wir sind ihnen ausgeliefert, wenn sie das für nötig halten. Also würde ich vorschlagen, dass wir uns gegenseitig im Auge behalten."
Kyle und Jake waren entsetzt über die Kälte, die in den Worten ihres Bruders lagen. Dennoch wussten sie, dass er Recht behielt und wunderten sich ebenso über seine Gefasstheit, was diese beunruhigende Tatsache betraf.

Vor dem Gebäude stand Victor und wartete auf die Drei mit einem Lächeln, dass Mathew nicht mehr so freundlich erschien, wie er es in Erinnerung haben wollte. Er schüttelte diesen Gedanken ab und zögerte, als ihm bewusst wurde, dass Victor genau das sehen würde, wenn er ihm gegenüber trat. Er fasste sich, denn er wusste, dass verdächtiges Verhalten das Ganze mit Sicherheit nicht vereinfachen würde und hoffte, dass Victor sein Misstrauen mit den Begebenheiten der vergangenen Tage in Verbindung bringen würde. Also ging er hastig weiter und auf den Mann zu, der ihn und seine Brüder mit einem „Willkommen zurück" begrüßte. Dann und ohne sich etwas anmerken zu lassen trat er in den Komplex und führte die Drei geradewegs in den Teil des Gebäudes, in dem die Brüder schlafen würden. Wie Mathew gehofft hatte, befanden sich die Schlafzimmer direkt nebeneinander. Dann beschrieb Victor den Männern den kurzen Weg in die Mensa und ließ sie für die folgende Stunde allein, um sich auf das Essen vorzubereiten und sich in den Zimmern einzurichten. Mathew nutzte die Zeit, um in die Dusche zu steigen, die ihn schon im Elternhaus angelacht hatte, für die er jedoch keine Zeit gefunden hatte.

Als er gerade aus der belebenden Dusche heraus trat, klopfte es plötzlich an der Tür seines Zimmers. Er band sich schnell ein Duschtuch um die Hüften und hastete hin, in der Erwartung einen seiner Brüder anzutreffen. Doch zu seiner Überraschung stand Victor davor und grinste fröhlich. Dann klopfte es erneut. Doch dieses Mal nicht an der Tür, sondern in seinem Kopf, als hätte er einen Schlag abbekommen und Mathew fasste sich reflexartig an die Stirn. Victors Lächeln verschwand und er trat einen Schritt vor, während er sich erkundigte, ob denn alles in Ordnung sei. Und tatsächlich hörte das Gefühl stechender Schmerzen, dass mit dem Klopfen an seinem Kopf einhergegangen war, ebenso plötzlich auf, wie es angefangen hatte.
„Es geht schon wieder. Ich habe wohl zu wenig getrunken heute."
Mathew wusste, dass dies fadenscheinig klang, doch er tat alles, um keinen Gedanken daran zu verschwenden, dass es seiner

Vermutung nach Victor gewesen war, der das verursacht hatte. Doch Victor selbst ließ sich nichts anmerken und lächelte erneut. „Dann solltest du das gleich nachholen. Du wirst beim Essen reichlich Gelegenheit dazu haben."
Victor ging einen Schritt zurück und zog einen Wagen zu sich, der im Gang gestanden hatte. Darauf stapelten sich allerlei Gerätschaften und medizinische Utensilien.
„Ich bin eigentlich nur vorbei gekommen, um die Ausrüstung des medizinischen Forschungsteams in den Zimmern zu verteilen, damit nachher alles reibungslos und ohne große Verzögerung über die Bühne geht."
Mathew ging leicht nickend auf die Seite und folgte Victor aufmerksam mit seinen Blicken, während dieser den Rollwagen neben dem Bett positionierte und wieder zu Mathew sah, der tropfend an der Tür stand. Das Lächeln des Mannes wurde noch breiter als zuvor und er räusperte sich, ehe er an Mathew vorbei in den Flur ging.
„Nun, ich will dich nicht weiter aufhalten. Man sieht sich ja dann beim Essen in ein paar Minuten."
Victor sah Mathew noch einmal von oben bis unten an, zögerte kurz und ging dann den Flur hinab in Richtung Mensa. Mathew wusste nicht, was er davon halten sollte, was gerade geschehen war, doch er war sich in einer Sache ziemlich sicher. Nämlich, dass Victor eben versucht hatte, in seinen Geist einzudringen. Und Mathew war sich ebenso sicher, dass er es nicht geschafft hatte. Doch da war auch noch etwas anderes, dass ihn beschäftigte. Victor hatte sich von zwei Seiten gezeigt, die irgendwie nicht zueinander passten. Einerseits war er ohne Vorwarnung und auf direktem Wege mit grober Gewalt in seinen Kopf eingedrungen, andererseits zeigte er eine freundliche und beinahe fürsorgliche Art, wenn er mit ihm sprach und zugegen war ohne Hintergedanken. Keiner dieser Züge wirkte jedoch gespielt. Mathew hatte das Gefühl, dass er es mit einem äußerst gefährlichen Mann zu tun hatte. Einem Mann mit zwei völlig unterschiedlichen Persönlichkeiten, wie es schien.

Mathew klopfte mit drei sanften Schlägen an die Tür seines Bruders Kyle, der nach wenigen Sekunden öffnete.
„Bist du soweit? Es mag sich eigenartig anhören, aber ich möchte nicht allein gehen."
Kyle nickte verständnisvoll und Jake entlockte ihnen beiden ihre Aufmerksamkeit, bevor dieser etwas sagen konnte. Mathew und Kyle wandten sich ihm zu, als er sie gefragt hatte, worauf sie warteten.
„Ich weiß nicht, wie es euch geht, doch es fühlt sich irgendwie an, als wäre dies heut mehr als nur ein Abendessen. Ich fühle mich wie ein Lamm auf dem Weg zur Schlachtung."
Jakes Worte lösten bei Kyle offenbar Erheiterung aus, denn er lachte amüsiert. Doch Mathew fühlte sich ebenso ausgeliefert. Irgendetwas sagte ihm, dass die beiden Männer, die ihm und seinen Brüdern so bereitwillig zur Hand gingen, obwohl sie keine nachweisliche Bindung zur Familie Kondere innehatten, etwas im Schilde führten. Das war auch der Grund, warum Mathew seinen Brüdern nichts über seine tiefgehenden Zweifel sagte. Der Versuch Victors, sich seiner Gedanken zu bemächtigen, hatte ihm endgültig gezeigt, dass da etwas nicht im Lot war. Und Victor sollte von seiner Vermutung nichts in den Gedanken seiner Brüder finden können. Also entschloss sich Mathew, seinen Brüdern etwas vorzuspielen und lächelte ebenfalls amüsiert.
„Naja... eigentlich hat Jake schon Recht. Victor und Marius wollen uns helfen, da bin ich mir ganz sicher. Und zudem hat Großmutter ihnen vertraut. Also sollten wir das auch tun."
Seine Brüder kannten ihn beide gut genug, um zu sehen, dass sich Mathew seiner eigenen Worte nicht sicher war. Doch sie beide nahmen ihn an jeweils einer seiner Schultern und Kyle stieß ihm etwas unsanft die Faust in die Seite.
„Ist ja echt nett, dass du deine älteren Brüder aufzumuntern versuchst. Aber wenn du das nächste Mal beabsichtigst, deine Brüder dabei so offensichtlich anzulügen, solltest du bedenken, dass sie dich schon kennen, seit du noch in die Windeln gemacht hast."

Mathew keuchte und krümmte sich, wobei er von Jake noch zusätzlich eins auf den Hinterkopf bekam. Rücksichtsvoll, aber bestimmt.
„Und zudem lächelst du auf eine ganz bestimmte Weise, wenn du lügst. Dabei siehst du aus, als hättest du Verstopfungen."
Mathew hob schnaubend die Hand und prustete nun ehrlich belustigt Luft aus, wobei er sich wieder aufrecht hinstellte und seine Brüder voller Zuneigung ansah.
„Jaja... schon gut."
Er grinste über das ganze Gesicht.
„Ich habe schon verstanden. Und danke für den freundlichen Hinweis."
Seine Brüder nickten und drückten Mathew jeweils die Finger in die Schultern, die sie nach wie vor festhielten, was eine weitere Welle des Schmerzes zur Folge hatte. Mathew sog scharf Luft ein und wusste, dass dies noch nicht das Ende der brüderlichen Zurechtweisung und Züchtigung war.
„Außerdem lieber Bruder..."
Und diese Worte sprach Kyle mit mehr Nachdruck, als zuvor und mit einer gewissen Resignation.
„...hat uns nur unsere Liebe zu dir und das unerschütterliche Vertrauen, bisher davon abgehalten, die Dinge aus dir heraus zu prügeln, die du uns verheimlichst. Du weißt etwas, dass elementar ist und willst es uns nicht sagen. Und wir beide..."
Kyle nickte Jake zu, während er mit Mathew haderte.
„...machen wir uns geraume Zeit Gedanken, was unseren Bruder dazu veranlasst, nicht mit uns darüber zu sprechen."
Mathew wusste augenblicklich, dass dies auch im gleichen Atemzug einer Frage gleichkam und er blickte seine Brüder ernst an, mit einem Blick, der tiefes Bedauern und zugleich erneut bewegte Zuneigung bedeutete.
„Es tut mir leid."
Er senkte leicht den Kopf, denn er wusste, dass seine Brüder im Grunde Recht hatten. Das mangelnde Vertrauen und die vielen Geheimnisse ihrer Eltern waren mit ein Grund gewesen, warum es ständig Zwist gab unter den Mitgliedern seiner Familie. Und nun

musste Mathew ein Geheimnis wahren, um seine Brüder zu schützen. Doch er konnte es ihnen nicht einfach so sagen. Denn das hätte möglicherweise Konsequenzen, die er nicht verantworten konnte. Zudem würde Victor Zugriff zu diesen Dingen erhalten, wenn Mathew seine Brüder einweihen würde.
„Ich muss euch darum bitten, mir was das angeht, zu vertrauen."
Jake und Kyle sahen sich ein wenig enttäuscht an. Und Jake sprach aus, was sich Kyle auch dachte.
„Victor wird es erfahren..."
Und er schüttelte enttäuscht den Kopf.
„...aber deinen Brüdern kannst du es nicht sagen?"
Nun musste Mathew etwas sagen, dass bei den beiden Brüdern einen irreparablen Schaden im Vertrauen zu ihrem Jüngsten beibrachte. Doch Mathew durfte seinen Brüdern und so auch Victor gegenüber nicht zugeben, dass er wusste, dass seine Gedanken und Geheimnisse nicht länger lesbar waren.
„Wie gesagt... es tut mir echt leid."
Augenblicklich ließen seine Brüder von ihm ab und Jake, ebenso wie Kyle zogen ihre Jacketts glatt, die sie für das Essen übergezogen hatten. Kyle und Mathew hatten zudem ein Hemd angezogen, was Jake nicht für nötig erachtete. Kyle und Jake sahen ihren Bruder mit veränderter Miene an und Mathew wusste, dass es für sie nicht verständlich war. Beide wandten sich ab und während sie ihm den Rücken zukehrten, sagte Kyle mit hörbar enttäuschtem Unterton.
„Lasst uns gehen. Wir werden bei einem Essen erwartet."
Mathew versetzte dieser Schlag mehr Schmerzen, als das Messer es jemals gekonnt hätte. Er hatte ein Stück des Vertrauens seiner Brüder eingebüßt und es würde bis zum Ende dieses grausamen Spiels kaum Chancen bleiben, dieses Vertrauen wieder zu gewinnen. Mathew hoffte sehr, dass es das wert war.

20. Henkersmahlzeit?

Sie gingen einen Korridor mit vielen Räumen entlang, um in die Mensa zu gelangen. Ohne es zu wollen, fühlte sich Mathew in den Korridor versetzt, mit den vielen hölzernen Verschlägen. Er versuchte den unangenehmen Gedanken abzuschütteln, doch seine Gedanken bewegten sich wegen der gesammelten Erlebnisse der vergangenen Tage in tief dunklen Gefilden. Nicht einmal die erhebenden Gespräche mit seiner Mutter und seinem Vater konnten dies aufwiegen. Diese Momente des Glücks schienen so weit entfernt und wie das Rieseln feinen Sandes zwischen seinen Fingern. Er konnte das Gefühl der Sicherheit und Geborgenheit nicht festhalten.

Offenbar waren die meisten von diesen Kleinwohnungen ähnlich derer, die die Jungs jetzt gerade bewohnten. Es gab eine große Küchenzeile in der Mitte des Korridors, in der sich eventuelle Wohnparteien versorgen konnten. Da die Türen teilweise unterschiedlich nah beieinander lagen, vermutete Mathew, dass es auch Wohneinheiten mit integrierter Küche geben musste. Es dauerte nicht lange, bis die Brüder schließlich die Flügeltür erreichten, die in die Mensa führte. Kyle war es, der diese aufstieß und seine Brüder vor sich eintreten ließ. Sie blickten jetzt auf einen Raum mit einer Großküche im Hintergrund und einer Vielzahl von Tischgruppen, die teilweise zusammen gestellt wurden, um eine längliche Sitzgelegenheit für eine größere Gruppe schaffen zu können. Und eine größere Gruppe war es tatsächlich. Eine ganze Reihe von etwa einem halben Dutzend Tischen war zusammen gestellt worden und der gesamte Tisch war mit Ausnahme von Victor und Marius von lauter Weißkitteln besetzt. Es war ein beunruhigender Anblick.

Marius verwies auf drei leere Stühle direkt an seiner und Victors Seite. Dass Kyle und Jake den Sitz an Victors Seite frei ließen, hielt

Mathew für Absicht. Es wäre in diesem Moment der letzte Platz gewesen, den Mathew für sich gewählt hätte. Es gab angeregte Gespräche zwischen Doktoren, Professoren, Pflegekräften, Victor, Marius und den Brüdern, nachdem Marius den Ablauf des Abends geschildert hatte. Doch kein Wort zwischen seinen Brüdern und Mathew. Mathew stimmte dies sehr traurig. Es war nichts, worauf er wert lag, an einem Ort in dem er Menschen vertrauen musste, die ihm nichts bedeuteten. Er fühlte sich in einem Raum mit vielen Personen plötzlich ganz allein. Und das Schlimmere daran war, dass er auch auf gewisse Art und Weise ausgeliefert war. Seine Verletzung war nicht einmal ansatzweise geheilt und schmerzte. Das nun seelischer Schmerz hinzu kam, machte die Angelegenheit nicht einfacher. Er musste nun Personen vertrauen, die nicht mehr am Leben waren. Noch schlimmer als das. Er vertraute wider jeder Vernunft Menschen, die ohne weiteres auch seiner Fantasie entsprungen sein konnten. Er war nicht dumm genug, um diese Tatsache völlig außen vor zu lassen. Diese Tatsache allein hatte genug Macht auf seinen Gemütszustand, um den tränen nahe zu sein. Er überspielte das Ganze mit der Aussage, ihm sei übel, was ihm die Meisten im Raum zu glauben schienen. Seine Brüder zeigten diesbezüglich nicht genug Interesse, um irgendwelche Reaktionen ablesen zu können. Etwas, dass das Ganze nicht leichter machte.

Das Essen an sich verlief relativ normal im Verhältnis zu dem ersten Treffen mit den beiden Männern wenige Tage zuvor. Offenbar waren die Professoren und Ärzte, obwohl sie ohne Zweifel gerade auf Marius´ Gehaltsliste standen, nicht über deren seltsame Tätigkeiten unterrichtet. Geschweige denn, deren Fertigkeiten. Ein großer Teil des Abends war Thema, was auf die drei Brüder nun zukommen würde. Geplant waren Schlafüberwachung, Messung der Hirnaktivitäten und Blutanalysen vor und nach besagter Nacht. Die Professoren und Ärzte schienen anzunehmen, dass die Jungs nachts schlafwandelten, furchtbare Albträume hatten, oder mit schweren Psychosen zu kämpfen hatten, sobald das Licht ausging. Wer von den Jungs welche

Symptome zeigte, wurde nicht erläutert. Mathew fand es jedoch nicht sehr amüsant. Doch er war sich ebenso der Tatsache bewusst, dass die Wahrheit sicher nicht vorbehaltlos untersucht werden würde.

Der Aufruf zur Bettzeit hatte anschließend zur Folge, dass die gesamte Runde aufstand. Nur Marius selbst verabschiedete sich um in seinem eigenen Bett zu schlafen und wünschte abschließend allen Anwesenden eine angenehme Nachtruhe, ehe er das Gebäude verließ. Victor würde die Nacht offenbar ebenfalls in der Einrichtung verbringen. Kritisch jedoch wurde es, als er die Brüder kurz allein zu sprechen suchte.
„Ich werde heute Nacht bei Einem von euch am Bett wachen. Dabei werde ich dessen Gedanken beobachten und mir selbst ein Bild von euren Träumen machen."
Er blickte kurz zu Mathew zeigte jedoch sehr schnell auf Kyle.
„Ich hoffe, dass es Ihnen nichts ausmacht, während des Schlafes die Hand von einem anderen auf der Ihren zu spüren. Doch für solch intensive Einblicke, über solch einen Zeitraum muss ich eine physische Verbindung herstellen."
Der Blick seiner beiden Brüder war nicht zuzuordnen. Doch sie ließen sich zumindest gegenüber Victor nichts anmerken. Aber Mathew war sich dessen sicher, dass Victor inzwischen über das gestörte Verhältnis zwischen ihm und seinen Brüdern Bescheid wusste. Doch auch ihm konnte Mathew nichts dergleichen ansehen.

Alle zusammen machten sich nun bereit, die Zimmer aufzusuchen. Und die Gruppe Wissenschaftler und Ärzte teilte sich durch drei. So begleiteten jeden der Brüder eine ganze Gruppe von Beobachtern und Analysten. Es war eine beruhigende Erfahrung, zu wissen, dass man nicht allein mit den Träumen war. Andererseits war an Privatsphäre während dieser Nacht auch nicht zu denken. Mathew und Kyle wurden an zahllose Maschinen angeschlossen und mit verschiedenen Präparaten gefüttert. Es war für die Beiden kaum vorstellbar, dass sie mit all dem einschlafen würden. Kyle seinerseits schlief in einem Zimmer, das mit einem Separee ausgestattet war. In diesem, hinter einem Spiegel standen mehrere Analysten, die nur beobachten würden, wie Victor ihm mitteilte. Sobald Kyle eingeschlafen wäre, würde Victor die Verbindung herstellen. Für die Analysten, so teilte Victor Kyle im Vertrauen mit, war er nur ein Spinner, der sich als Empath ausgab und sich wichtigmachte. Kyle amüsierte diese Einstellung und er nahm freudig das Schlafmittel entgegen. Etwas sagte ihm, dass diese Nacht nicht wie die Nächte zuvor verlaufen würde. Und er hoffte sehr, dass sie besser laufen würde.

21. Szene eröffnet

Kyle stand neben dem alten Haus, dass sie vor kurzem erst besucht hatten. Ein Schauer lief ihm über den Rücken, denn er hatte keine guten Erinnerungen daran.
„Es wirkt irgendwie klarer, als gewöhnlich, wenn ich träume."
Kyle wandte sich erschreckt um und erblickte seinen Bruder Mathew. Bei ihm stand auch schon Jake, der sich erstaunt umsah. Doch etwas stimmte nicht. Es war eine Art Flackern, dass nur Mathew umgab. Er war der Einzige, der nicht richtig dort zu sein schien. Dennoch machte er sich bemerkbar, als seine Brüder sich seiner Anwesenheit versichern wollten. Victor beschrieb nicht, dass es wohl daran lag, dass er keine Verbindung zu ihm bekam. Stattdessen sprach er aus, was für die Brüder bereits logisch war.
„Das liegt wohl daran, dass ich eure Gedanken etwas ordne, während wir hier sind. Es kostet mich jedoch gewaltige Anstrengung, es bei euch Dreien gleichzeitig zu tun. Mathew hat ein sehr starkes Traumbild, weswegen ich ihn außen vor lasse. Also macht euch keine Sorgen."
Die Brüder freuten sich, dass es Victor war und das sie auf eine seltsame Art, etwas Unterstützung bei diesem Zusammentreffen erhielten. Denn es bahnte sich etwas an, das konnten alle vier spüren, während sie sich umsahen.
„Seht mal dort!"
Jake zeigte auf etwas, dass aussah, wie eine Nebelbank, die langsam Gestalt annahm. Aus diesem Dunst entstand ein weiteres Haus. Das Haus ihrer Eltern.
„Um Himmels willen!"
Victor hatte gerufen, was die Brüder sich dachten, jedoch nicht heraus bekamen. Alle Fenster des Hauses ihrer Eltern waren besetzt von blutigen Gesichtern, die sie alle aus diesen ansahen. Mathew schlug die Hand auf den Mund, als er seine Mutter erblickte und seinen Vater. Sie winkten ihm still und mit entsetzten Gesichtern

zu. Es war ein Anblick des Horrors. Denn sie waren über und über mit Blut und offenen Wunden übersät.

„Das ist wohl der Hinweis, dass dieses Traumgelände nicht allein unserer Gedankenmacht unterliegt."

Victor sagte das mit gewisser Resignation und Erkenntnis, die den Brüdern die Gänsehaut über den Körper jagte. Es war nicht nötig zu fragen, wie er das meinte. Denn jeder der Brüder hätte sich ein solches Bild nicht freiwillig erdacht.

„Es bleibt uns also nichts weiter übrig, als dieses Gebilde zu überstehen? Wir haben keinerlei Macht über unsere eigene Traumwelt?"

Victor strich sich nachdenklich durch das Haar und sah Mathew direkt an.

„Nun... ich selbst bin nur Besucher. Ihr drei jedoch seid Teil eines Traumgebildes, dass aus eurer kollektiven Erinnerung und euren Erinnerungen zusammengesetzt wird. Wenn auch fremdgesteuert, müsste es euch zusammen möglich sein, Einfluss auf diese Umgebung zu nehmen."

Mathew und Victor sahen erwartungsvoll die beiden anderen an und zu ihrer Enttäuschung winkte Kyle sofort ab.

„Wir sind nicht für irgendwelche Experimente zum Klarträumen hier!"

Sein Tonfall wurde streng und seine Augen waren dabei auf die entstellten Gesichter in den Fenstern gerichtet.

„Lasst uns in den Keller gehen und diesem Drecksack entgegen treten!"

Mathew blickte ebenfalls zu seinem Elternhaus und sprach leise vor sich hin, um die Wut seiner Brüder nicht weiter zu schüren. Er war sich dessen bewusst, dass die Ereignisse am Abend noch in ihren Überlegungen wider spiegelten.

„Es macht auch nur Sinn, weil die Macht, die Marakant auf uns in dieser Traumwelt ausübt auch körperliche Folgen für uns hat. Ich denke einen Versuch ist es w..."

Er schwieg augenblicklich, als Kyle ihm in die Augen sah. Solche Verachtung hatte er bisher nie bei seinem Bruder gesehen. Alles wurde durch die Fantasie der Brüder verstärkt und verzerrt. Das

Gesicht von Mathews älterem Bruder nahm die Gestalt einer finsteren Fratze an, um seinem Ausdruck Gewicht zu verleihen. Ohne es zu wollen, hatte Kyle ihm damit etwas gesagt, dass äußerst wichtig für die nächsten Momente sein würde.
Mathew konzentrierte sich im selben Moment auf das unsichtbare und nicht mehr das Sichtbare. Ihm war klar geworden, dass hier etwas nicht stimmte.
„Zeige dich du Schwein!"
Er schloss die Augen und riss sich aus dieser surrealen Szenerie. Er wusste, dass er es einfach nicht zulassen durfte, dass andere ihn in seinen eigenen Gedanken manipulierten. Als er in dieser Welt seine Augen öffnete, stand er jemandem Gegenüber, den er nicht erwartet hatte. Einen Wimpernschlag lang blickte er in die Augen von Marius, der still schreiend vor ihm eine Wutstampede aufführte. Mathew verstand und griff in die Gestalt seines suggerierten Gegenübers hinein, ehe dieser vollständig verschwinden konnte. Alles, was er zuvor gesehen hatte, verschwand und wich einer völlig anderen Szenerie. Um ihn herum bildeten sich alte Mauern und Gänge. Hölzerne Verschläge nahmen Gestalt an und veränderten sich selbst gleichzeitig. Er fand sich im Kellergewölbe wieder, dass unnatürlich lang gezogen aussah. Und automatisch fing sein Herz an schneller zu schlagen. Es war beinahe so, als hätte er das Messer seines Bruders wieder im Bauch. Und zu allem Überfluss schossen seltsame wabernde, kaum sichtbare Gestalten an ihm vorbei. Etwas sagte ihm, dass er noch nicht vollständig angekommen war. Noch einmal schloss er seine Augen, was ihm seltsam vorkam, da er sich in einem Traum befand und außerhalb dieser Dimension seine Augen bereits geschlossen hatte. Er konzentrierte sich auf die Verbindung, die er mit seinem Widersacher hatte und auf seine Brüder.
„Mathew... Mathew!"
Er war angekommen. Und ohne es zu wissen, hatte er sich mit seinen Brüdern verbunden. Das sagte er ihnen aber nicht. Von jetzt an würde es wichtig sein, sich auf die Verbindung zu dem Schöpfer der Szenerie zu konzentrieren. Es war seltsam genug, dass er als

Marius erschienen war. Doch er hatte Angst, dass er weiterhin manipuliert wurde.

„Was ist passiert? Und was haben wir an?"

Jake sah sich selbst an und zupfte am Jaket, dass er trug. Alle Vier waren vollständig in schwarz gekleidet. Das Eine wussten sie alle. Dies konnte nichts Gutes bedeuten.

„Wir sollten weiter gehen. Hier geht es nicht mit rechten Dingen zu. Bis zu diesem Ort ist es mir nicht gelungen, eine Verbindung zu euch zu erstellen. Wir stehen unter sehr starkem Einfluss fürchte ich. Und Marakant hat ihn offensichtlich auch auf mich ausgedehnt."

Die Brüder stimmten mit nickenden Köpfen den Aussagen Victors zu und machten sich auf den Weg durch den scheinbar tiefer werdenden Gang. Es dauerte eine gefühlte Ewigkeit und sie erreichten die Verschläge nahe der Tür, die auf der Gegenseite zum Eingang lag. Mathew kam zuerst an und blieb entsetzt stehen. Sein Blick fiel gebannt auf den Verschlag rechts neben ihm. Zudem entfernte er sich irgendwie von den anderen drei Männern. Es waren nur wenige Schritte zwischen ihnen allen gelegen. Doch Mathew war nicht zu erreichen. Und seine Brüder konnten, egal wie sehr sie es versuchten, nicht in dessen Nähe gelangen. Sie versuchten zu rennen, wirkten dabei aber eher, als würden sie durch hüfthohes Wasser waten. Völlig machtlos sahen sie dabei zu, wie sich seine Haut schwarz einfärbte und diese aufschwemmte. Jake brüllte, als er erkannte, was geschah. Mathew röchelte, als würde er keine Luft mehr bekommen und griff wie in Zeitlupe in den Verschlag hinein.

„Er sieht euch beide hinter dem Verschlag! Es kann nur so sein!"

Jake und Kyle verstanden, was Victor meinte.

„Wir müssen ihn davon abhalten zu ergreifen, was auch immer hinter dem Verschlag liegt. Es wäre möglich, dass es ihm den selben Schaden zufügt, wie damals, als er von Jake nieder gestochen wurde."

Alle drei beobachteten, wie Mathew anfing zu flimmern, wie bei einem schlechten Fernsehbild. Er waberte und flackerte, als würde er die Verbindung verlieren. Victor wusste, dass es keinen Sinn

machte einen Gang zu überwinden, der nicht wirklich vorhanden war. Er griff zu beiden Seiten nach den Armen der Brüder und wies sie an zu tun, was für ihn die einzige Möglichkeit zu sein schien, das Schlimmste zu verhindern.
„Konzentriert euch auf euren Bruder und versucht ihn in seinem Bewusstsein zu erreichen! Das ist die einzige Möglichkeit. Dies ist EUER Traumgebilde, vergesst das nicht!"
Jake und Kyle schlossen die Augen und taten wie geheißen. Während dessen war Victor gezwungen sich die Szenerie anzusehen. Und es war kein schöner Anblick. Wenn sich Mathew in diesem Moment so fühlte, wie er aussah, musste er gerade endlose Qualen erleiden. Ob es Sinn machte, oder nicht. Er musste wenigstens versuchen an ihn heran zu kommen. Und so ging Victor auf ihn zu und machte jeden Schritt mit verändertem Bewusstsein und seiner eigenen Stimme im Kopf, die ihm mitteilte, dass all dies nicht real war.
„Jungs! Vergesst mal einen Augenblick, dass ihr sauer auf euren Jüngsten seid!"
Victor hatte instinktiv gespürt, dass die Szenerie noch von anderen Dingen als einem Fremden Geist unterstützt wurde und hielt die Brüder an, sich auf ihren Bruder zu konzentrieren.
„Bitte Jungs! Er leidet Höllenqualen!"
Victor trat vor und der erste Schritt war vergeblich. Der Zweite gab ihm etwas Raum. Dieses Wissen half ihm, die richtige Stufe des Bewusstseins zu erreichen, um sich dem Verletzten zu nähern. Es schien ewig zu dauern. Und Mathews Hand zögerte nicht.
„Nur noch ein kleines Stück. Bitte greif nicht hinein! Bitte!"
Doch es war vergebens. Noch ehe Mathews Hand in dem Verschlag verschwunden war, griff eine andere Hand nach der Seinen und zog ihn heran. Mathews Bewegungen wurden plötzlich hektisch und er schlug mit dem Körper gegen den Verschlag, während ein Messer heraus schoss und ihn unterhalb der Rippen traf. Bis zum Schaft steckte es im aufgequollenen Körper des jungen Mannes und er sackte zu Boden ohne auch nur einen Schrei zu verlieren. Sein aufgequollener Körper klatschte mit einem verstörenden Geräusch auf dem Boden des Ganges auf. Victor musste nicht zurück sehen,

um zu wissen, dass seine Brüder nun ebenfalls die Augen wieder offen hatten. Es gab nun keinerlei Probleme mehr, ihn zu erreichen. Und die Drei sprangen so schnell sie konnten zu der jämmerlichen und blutenden Gestalt am Boden.

22. Eine Frage der Sichtweise

Mathew stand wie gebannt da und sah auf die Gestalt in dem Verschlag, die nach ihm griff. Er konnte sich selbst sehen und erinnerte sich an den Moment, in dem er dahinter stand und auf die Hilfe seiner Brüder angewiesen war. Aus irgendeinem Grund fing die Wunde erneut an zu schmerzen. Er griff reflexartig an die Stelle oberhalb der Hüfte und hatte Blut an den Händen. In diesem Moment verstand er, was dahinter steckte.
„Wir dürfen nicht stehen bleiben!"
Er wandte sich Victor und seinen Brüdern zu, die nicht weit hinter ihm gewesen waren und wollte sie darauf hinweisen, dass dies vermutlich nur eine Ablenkung war. Doch die drei waren am anderen Ende des Ganges. Und sie bewegten sich nicht.
„Was zum...."
Mathew sah sich um und erblickte die Tür, die eigentlich das Ziel dieser Expedition ins Unterbewusstsein war. Und als er gerade danach greifen wollte, erschienen verschwommene Gestalten neben ihm, die sich über irgendetwas auf dem Boden lehnten, dass nicht mehr viel Ähnlichkeit mit einem Menschen hatte. Mathew hatte gerade eben den Halt und jede Verbindung zu seinen Brüdern verloren. Das wusste er jetzt. Victor konnte keine Verbindung herstelen, da er nicht in seinen Kopf konnte, auch das verstand er jetzt. Jake, Kyle und Victor waren auf einer ganz anderen Ebene des Traumes und ergaben sich der Ablenkung eines bösen Willens, der auch Mathew nicht unbeschadet ließ.

„Dann eben allein!"
Er griff zielstrebig nach der Klinke der Tür neben sich und öffnete diese.
„Da ist er ja..."
Mathew stand in einem kuppelartigen Raum, in dem zahllose Ketten von den Wänden hingen und Fesseln aus Metall befestigt waren. Für einen Moment erblickte er zahllose Frauen und Kinder,

die daran hingen und schrien. Er sah Leichen und Leichenteile. Doch das Alles war nicht real, das wusste er jetzt. Also leerte er den Raum in seinem Geist und stand einer dunklen Gestalt gegenüber.
„Marakant!"
„In der Tat."
„Was sollen diese Spielchen? Was erhoffst du dir aus der systematischen Ermordung deiner eigenen Verwandten?"
„Was meinst du damit?"
Die Stimme des Schattens war leise und ruhig, als wäre er aufmerksam und interessiert zugleich. Mathew wurde wütend. Er schrie die Gestalt vor sich an.
„Willst du mich verarschen? Du Dreckskerl schlachtest die Frauen in meiner Familie ab und fragst mich, was ich meine?"
Marakant nahm Gestalt an und seine Umrisse schärften sich. Mathew blieb ein großer Kloß im Hals stecken.
„Wer behauptet, dass ich da tue?"
Mathew sah in sein eigenes Gesicht und fiel auf die Knie.
„Hör mit diesen Spielchen auf!"
„Wer spielt denn?"
Marakant nahm die Hände hoch und setzte ein ekelhaft selbstzufriedenes Gesicht auf. Das es sein eigenes Gesicht war, verstörte Mathew sichtlich.
„Du glaubst also an Magie und an Geister?!"
Marakants Grinsen wurde noch breiter.
„Aber du glaubst nicht, dass du einfach nur verrückt geworden bist?"
Mathew fiel es plötzlich schwer zu atmen. Er rang mit sich selbst und damit, die Realität zu erkennen.
„Rück sie raus du Schwein!"
„Wen soll ich rausrücken?"
„Meine Familie verdammt nochmal!"
„Aber deine Familie ist wohlauf, du Spinner!"
„Sag mir zum Teufel wo sie sind!"

Mathews Ebenbild kniete sich vor ihn und packte ihn unsanft am Kinn. Dann kam er so nahe, dass er dessen Nasenspitze auf der Seinen spüren konnte und flüsterte.
„Sie sind dort, wo du sie zurück gelassen hast. Mathew... Mathew... Mathew... MATHEW!!!"

23. Endlich wach

Mathew zuckte im Halbschlaf und schreckte unter starken Gliederschmerzen hoch. Doch nur sein Kopf regte sich. Aus irgendeinem Grund hörte sein Körper nicht auf ihn und er fühlte sich, als sei er noch immer in einem Traum gefangen. Doch er spürte, dass er wach war.
„Mathew,... Gott sei Dank."
Diese Stimme.
„Endlich. Großer Gott,... du verstehst es, deinen Eltern Angst zu machen."
„Mo... Mom, Paps?"
Mathew hustete ebenso leise, wie er sprach. Seine Stimme war weg und er war sogar zum Husten zu schwach.
„Ja Sohn, wir sind es. Wie geht es dir?"
Mathew wollte seiner Mutter antworten, doch er bekam kein Wort mehr heraus. Seine Kehle war trocken und rau, als hätte er Wochen nicht gesprochen.
„Hier. Trink erst mal etwas."
Eleonore reichte ihm ein Glas Wasser, dass Mathew kaum erkennen konnte. Seine Augen schmerzten ebenso wie seine Kehle. Und jede Bewegung des Lids rieb an seiner Iris, als wären diese ebenfalls nicht benutzt worden.
„Warten sie kurz!"
Er erkannte die Stimme nicht. Aber er spürte, wie ihm zarte Finger an die Augen gingen und ein paar Tropfen einer brennenden Flüssigkeit ins Auge tropften. Das zweite Auge kam auch noch dran und schließlich zuckten seine Lider, als hätte er ein seltenes Syndrom. Es dauerte nur Sekunden, bis er etwas besser sehen konnte. Er rieb sich mehrfach die Augen und sah mehr Licht, als er im Moment ertragen wollte. Doch er blickte in die Augen seiner Mutter. Er sah das Gesicht seines Vaters. Und er sah ein anderes Bett in einem Raum, in dem er nicht zu Bett gegangen war. Er war in einem Krankenhaus.

„Was... Wo bin ich hier?"
Er sah seine Eltern noch verschwommen und erkannte, dass es ein Krankenzimmer war. Aber das ergab keinen Sinn. Sein Vater jedoch hatte eine Antwort, die zumindest für ihn und seine Mutter offenbar logisch zu sein schien.
„Du bist im Bezirksklinikum mein Sohn. Und du warst mehrere Wochen im Koma."
Mathew konnte sehen, dass seine Eltern sich besorgt ansahen.
„Es gab Momente, in denen die Ärzte an deiner Genesung zweifelten."
Mathew konnte nichts dazu sagen. Er war nur unglaublich verwirrt. Er blinzelte noch immer und versuchte sich mit den schärfer werdenden Gesichtern zu überzeugen, ob all das auch wirklich stimmte. Er wollte wissen, was passiert war und was nun echt sei. In seinen Augen war offensichtlich, dass dies nur eine weitere Verwirrungstaktik von Seiten Marakants war.
„Das kann unmöglich real sein!"
Seine Eltern sahen sich besorgt an, erneut. Das konnte Mathew sehen.
„Es ist ganz normal, dass man nach so langer Bewusstlosigkeit etwas orientierungslos ist. Das wird schnell vergehen."
Wieder eine Stimme, die Mathew kannte. Es war Marius.
„Marius? Was tun Sie hier?"
Wieder kurze Stille im Raum.
„Doktor Marius van Pion hat sich mit um dich gekümmert, während du im Koma lagst. Er informierte uns auch, als deine Vitalwerte normal wurden und die Anzeichen dafür standen, dass du bald aufwachst."
Nored blickte den Doktor mit einem aufrichtigen Lächeln an.
„Er hielt uns stets auf dem Laufenden, was deinen Zustand betraf und sprach während deiner Bewusstlosigkeit ab und zu mit dir. Er sagte, dass dir das helfen könnte, die Realität wieder zu finden. Und offensichtlich hat er damit Recht behalten."
Mathew wusste nicht, was er sagen sollte. Ohne seinen Blick abzuwenden, zwickte er sich unbemerkt in den Arm. Es fühlte sich echt an. Und ihm kam in den Sinn, dass es etwas in der anderen

Realität gab, dass sich ebenfalls verdammt echt angefühlt hatte. Er fuhr mit einer Hand über die Decke und streifte dabei eine Stelle über der Hüfte, die starke Schmerzen ausstrahlte. Der Doc hatte ihn dabei beobachtet und wusste es zu erklären.
„Der Unfall war heftiger, als zuerst angenommen. Man musste sie aus ihrem Auto herausschneiden."
Sein Blick wurde ernster und besorgter.
„Und die Wunde war nicht das Schlimmste. Sie hatten innere Blutungen und weitere innere Verletzungen, die uns ernste Sorgen bereiteten. Über eine Woche bangten wir um ihr Leben. Sie hatten schweres Fieber und hielten nicht ausreichend still. Das veranlasste uns dazu, Sie in ein künstliches Koma zu legen."
„Warum hielt ich nicht still? Ich schien ja ohnehin nicht bei Bewusstsein zu sein?"
Mathew befand das als eine berechtigte Frage. Ohnehin machte diese Geschichte in Anbetracht der letzten Wochen nicht viel Sinn. Doch der Arzt hatte auch hierfür eine sinnige Erklärung, wenn auch nicht zufriedenstellend.
„Sie hatten offensichtlich heftige Fieberträume. Wir schafften es kaum, Sie ruhig zu stellen."
Mathew glaubte es nicht. Es war zu absurd. Aber was war absurder? Er hatte die letzten Wochen unglaubliche Dinge gesehen und gehört. Er war mit dunkler Magie konfrontiert worden. Hatte unerklärliches erlebt und wurde mehrfach fast getötet. Die Erklärung, die er nun erhalten hatte, war einleuchtender, als jedes Ereignis in seiner Erinnerung bezüglich der vergangenen Wochen. Er verlor den Gedanken, als die Tür aufging und Temia hinein trat. Direkt dahinter kamen seine Schwester und seine Brüder. Jakes Frau trat ebenfalls ein und sie alle freuten sich ganz offensichtlich ihn zu sehen. Lilly hatte ein Baby auf dem Arm. Ein kleines Mädchen, das sich offensichtlich bester Gesundheit erfreute. Es mochte ihm nicht einleuchten. Doch diese Version der Realität war in jedem Fall jene, die erstrebenswerter war. Die gesamten Umstände und das, was er nun sehen durfte, schafften ihn so sehr, dass er in Tränen ausbrach. Ungeachtet dessen, was der Arzt brüllte, als Mathew sich die Schläuche abriss, stand er auf. Die

gesamte Familie beobachtete ihn entsetzt. Der Doktor versuchte ihn fest zu halten.
„Wenn Sie mich jetzt nicht tun lassen, was das einzig Richtige ist, werde ich Ihnen das niemals verzeihen!"
Ein weiterer mehr als eindeutiger Blick und der Doc ließ ab. Mathew stand unter enormen Schmerzen auf und stützte sich an Kyle ab, der ihm zu Hilfe kam. Es mochte schmerzhaft sein, doch glich nicht im Geringsten den emotionalen Schmerzen der letzten Wochen. Als er stand, löste er sich aus der Stütze seines Bruders und ging auf Lilly zu, die das Neugeborene an ihren Mann weiter gab. Ohne Worte umarmte er sie mit tränennassen Augen und danach jedes einzelne Mitglied seiner Familie. Das war der wohl schönste Augenblick seines Lebens. Und er hätte sich nichts mehr gewünscht, als das diese Freude für immer anhalten sollte. Und es fühlte sich so unglaublich echt an. Es musste einfach echt sein. Er beobachtete, wie sich seine Familie aus Freude für ihn in den Armen lag und sogar sein Vater legte den Arm um seine Söhne. Mathew blieben beinahe die Worte weg.
„Ich hatte schon oft Schwierigkeiten, die Realität von meinen Träumen zu unterscheiden. Aber dieser Traum war so unglaublich real, wie nichts Vergleichbares. Es fühlte sich ebenso real an, wie die Umarmungen meiner Familie hier in diesem Krankenzimmer."
„Was lässt dich dann annehmen, dass du nun in der Realität bist?" Miriam stellte die Frage nicht aus Zweifel an seinem Verstand, sondern aus ehrlichem Interesse. Sie wollte ebenso wie augenscheinlich der Rest der Familie wissen, was ihm in Zukunft helfen wird, diese Realität als die einzig Wahre zu akzeptieren.
„Es gab ein Element, das es in der Realität nicht gibt. Eine große Sache, an der ich auch in meinem Traum zweifelte."
„Und was war das?"
Seine Mutter hatte die Frage gestellt. Mathew war vorsichtig, was für eine Antwort ergab. Er zweifelte an seinem Verstand, jedoch nicht an der Tatsache, dass es Dinge in dieser Welt gab, die er nicht nachvollziehen konnte. Er wusste, dass er nun Acht geben musste, was er sagte.

„Es war die Feindseligkeit in unserer Familie. Die Beziehungen untereinander wirkten erkaltet."
Mathew achtete nun ganz genau auf das, was geschah. Und als alle Anwesenden nur bestätigend nickten, war er sich sicher. Seine Mutter kam zu ihm und nahm ihn erneut in den Arm. Mathew zuckte kaum merklich zusammen und lauschte den Worten, die sie ihm zuflüsterte. Laut genug, dass es die Anderen möglicherweise ebenso hörten.
„Nun bist du ja wieder bei deiner geliebten Familie. Nichts wird uns jemals wieder trennen."
Mathew blickte zu Kyle und seinem Vater, der nach wie vor den Arm um seinen Bruder gelegt hatte und ihn fröhlich lächelnd ansah. Mathew hatte Probleme, den folgenden Satz glaubwürdig zu formulieren. Das er sehr nahe an der Wahrheit lag half sicherlich dabei.
„Das wäre wundervoll."
„Nun sollten wir den jungen Mann noch etwas zur Ruhe kommen lassen. Es wäre nicht gut, wenn all die Anstrengungen umsonst gewesen wären."
Marius sagte das mit demselben fremdartigen Grinsen im Gesicht, wie der Rest im Raum. Es kostete Mathew einige Anstrengung, sich nichts weiter anmerken zu lassen, während seine Familie sich verabschiedete. Es dauerte noch einige Minuten, bis der Raum leer war und seine Mutter ihm einen letzten Kuss durch die halb geschlossene Tür zuwarf. Mathew erwiderte dies und erwartete sehnsüchtig das Klickgeräusch, dass die Tür beim Einrasten hinterließ.
„Wenn Ihre Genesung weiterhin so erfreulich verläuft, können Sie möglicherweise schon in wenigen Tagen entlassen werden."
Da war noch immer das ekelerregende Grinsen im Gesicht des alten Mannes, der nichts mit dem Marius aus seinem „Traum" gemein hatte. Eine einleuchtende Tatsache, da er ihn ja nie gesehen hatte.
„Das wäre schön. Es freut mich besonders, dass das Bild, das ich von meiner Familie in diesem Traumgebilde hatte, ein völlig entgegengesetztes zu dieser Realität ist."

Marius drehte sich interessiert zu Mathew herum und legte gerade eine Spritze an eine Ampulle an.
„Und mich freut ganz besonders, dass Sie sich für die eindeutig reale Welt als die wahre Welt entschieden haben."
Das Grinsen wurde noch breiter und der Doktor zog schon beinahe eine Fratze. Es mochte Mathew nur als solche erscheinen. Doch das störte ihn wirklich. Da war etwas Selbstgefälliges im Blick des alten Mannes. Er kam zu ihm, die Spritze bereit zum Ansetzen und Mathew reichte ihm die Hand.
„Es ist mir ein besonderes Bedürfnis, mich bei Ihnen zu bedanken. Eine solche Aufopferung wie Sie in meinem Fall an den Tag gelegt haben, ist sicherlich nicht selbstverständlich."
Leicht irritiert zögerte der alte Mann kurz, blickte Mathew fragend an und nahm beinahe hilflos die Spritze in die andere Hand. Dann griff er nach Mathews Hand. Mathew griff fest zu. Fest genug, um seine Entschlossenheit zu demonstrieren. Marius´ Blick entgleiste nun endgültig und seine Fassungslosigkeit war ihm anzusehen.
„UND JETZT RAUS AUS MEINEM KOPF!"
Mathew hatte ohne Vorwarnung die Spritze im Hals und musste laut schreien, ehe er anfing zu flackern, was er dieses Mal selbst sehen konnte. Heiser sagte er noch ein paar letzte Worte zu dem Bild in seinem Kopf.
„Danke Doc... Bis zum nächsten Mal."

Mathew öffnete die Augen unter außerordentlicher Anstrengung. Als hätte er wochenlang im Schlaf gelegen, fand er nur kaum zurück.
„Mathew?!... Gott sei Dank!"
„Was ist geschehen?"
Jake zuckte mit den Schultern.
„Wir wissen es nicht. Du warst einfach weggetreten. ...Für vier Tage!"
„Wo ist Marius?"
Victor saß ebenfalls an seinem Bett und erkannte die Absicht hinter dieser Frage.
„Er ist nicht aufzufinden."

„Das liegt daran, dass er weiß, was ich nun weiß."
Mathew setzte sich unter großer Anstrengung auf und sein Blick war entsetzlich ernst und entschlossen. Er befand sich noch immer in dem Zimmer, in dem er eingeschlafen war. Seltsamerweise war er damit zufrieden. Die andere Welt mochte erstrebenswert gewesen sein, doch zu wissen, dass er nicht vollkommen verrückt geworden war, freute ihn sehr.
„Wir fahren auf der Stelle in das alte Kondere-Haus. Wir werden den Taten dieses alten Sadisten noch heute Einhalt gebieten."
„Dann mal los!"
Mathew warf Victor einen abfälligen Blick zu.
„Nein. Du wirst hier bleiben! Ich traue dir nicht. Du vermagst Gedanken zu lesen und zu manipulieren. Und dennoch willst du nichts von Marius´ wahrer Natur gewusst haben?"
Victor blickte betrübt zu Boden.
„Um ehrlich zu sein, konnte ich in ihm rein gar nichts lesen. Er war stets ein Mysterium für mich. Ich kann mich nur entschuldigen."
Victor schluckte betrübt einen Kloß in seinem Hals herunter und blickte reumütig zwischen den Brüdern hin und her.
„Ich dachte, er wolle nur mehr über die Magie erfahren, die in eurem Haus so überaus mächtig vertreten zu sein scheint. Ich hätte erkennen müssen, dass er dabei etwas zu skrupellos vorging. Wie gesagt, tut es mir wirklich sehr leid und ich werde alles tun, um das wieder gut zu machen."
„Das ist mir egal. Du wirst hier bleiben!"
Kyle und Jake tauschten fragende Blicke. Keiner von ihnen schien zu verstehen, worum es eigentlich ging. Doch ehe Mathew seinen Brüdern, die ihm nach wie vor vermutlich nicht über den Weg trauten, etwas erklären konnte, sprang Victor auf. Seine Pupillen weiteten sich und Mathew spürte einen stechenden Schmerz in seiner Schläfe.
„Du kommst nicht rein! Egal wie sehr du dich anstrengst. Meine Eltern schützen meinen Geist vor deiner Manipulation."
Victor schien verstört und Kyle, wie auch Jake schien einiges klar zu werden.

„Kommt Brüder! Wir fahren. Es gibt einiges, dass ich euch während dieser Fahrt erklären muss. Wir haben eine Familie zu retten."
Jake und Kyle schwiegen dazu, folgten jedoch ihrem Bruder, der gerade aufgestanden war ohne Widerworte.
„Zu lange nun schon haben wir tatenlos zusehen müssen. Es wird Zeit, dass dieses alte Dreckschwein für seine Taten bezahlt!"
Doch seine Brüder bewegten sich kein Stück. Stattdessen hielten sie zusammen die Hände hoch und sprachen in einer Stimme.
„Bitte bleib hier. Er wollte das nicht tun!"
Mathew drehte sich rasend um und schlug Victor ins Gesicht. Dieser fiel rücklings um und seine Kontrolle über Mathews ältere Brüder fiel ab. Diese sahen sich irritiert an.
„Werd´ erwachsen, du Arschloch! Durch deine Mittäterschaft sind Menschen gestorben."

Victor blieb sprachlos und sichtlich betrübt zurück, als hätte man ihm seines Lebenssinnes beraubt. Doch die Brüder ließen sich davon nicht beeindrucken. Die folgende Fahrt und das Gespräch unter den Dreien war sehr intensiv. Und sehr emotional. Es war kaum zu glauben für Mathew, dass ein Gespräch von solch kurzer Dauer ein Vertrauensverhältnis reparieren konnte. Dennoch gab es Aspekte an dem Gespräch, besonders, was die Toten betraf, die mit Mathew kommunizierten, die Kyle und Jake sichtlich mitnahmen. Mathew glaubte sogar, dass seine Brüder Zweifel an der Geschichte hatten. Doch das Wichtigste war, dass sie nun wieder zusammen hielten. Er war sich sicher, dass es in den folgenden Momenten von erheblicher Bedeutung sein würde. Zudem war er noch ziemlich geschwächt und seine Brüder sahen auch nicht gerade frisch aus. Das deprimierte ihn. Aber er wusste, wenn sie es heute Nacht nicht schaffen würden, dann wäre alles zu spät. Es war nur ein Gefühl, aber es war beinahe stechend dringlich. Es war gut möglich, dass seine Eltern ihn ein Zeichen gaben. Obwohl er nicht ganz verstand, warum seine Brüder nicht allein in das Haus gegangen waren, während er weggetreten war, wusste Mathew, dass es hier nun zum Ende kommen würde. Und das erneut gewonnene Vertrauen der Beiden veranlasste ihn dazu, erst einmal nicht nachzuhaken.

Ungeachtet dessen wirkten die Beiden ebenso aufgehetzt wie er selbst. Sie wirkten geradezu hoffnungsvoll und konzentriert. Auch bei seinen Brüdern hatte sich etwas verändert. Und obwohl sie es nun kaum erwarten konnten, das Haus aufzusuchen, waren sie laut eigener Aussage nicht dort gewesen seit seiner Ohnmacht. Mathew verstand dies nicht. Als sie ausstiegen, öffnete Kyle den Kofferraum des Geländewagens und holte Taschenlampen, Leuchtraketen und Sturmfeuerzeuge heraus, die er an seine Brüder verteilte.

Sie waren vorbereitet?! Warum sind sie nicht hierhergekommen?

24. Showdown

Als sie sich dem Verschlag näherten, der in den Keller führte, klackte es leise und ein Knarzen deutete darauf hin, dass sich die Tür dort hinunter selbstständig öffnete. Vor nicht allzu langer Zeit hätten sich die Brüder erstaunt oder möglicherweise entsetzt angesehen. Jetzt traten sie einfach hintereinander und gingen nacheinander die Treppen hinunter. Sie folgten ohne weitere Worte dem unterirdischen Gang und leuchteten alles aus. Allen voran Kyle, gefolgt von Jake und zuletzt Mathew. Seine Brüder wandten sich der Erfahrung gemäß immer wieder um, um zu sehen, dass alle noch anwesend waren. Mathew hatte immer wieder Visionen von Blut an den Verschlägen und Pfützen, die darunter hervor kamen. Doch dieses Mal gab es keine Ablenkung und irgendwelche Illusionen. Auch wenn die Brüder sehr vorsichtig waren, erreichten sie die letzte Tür in dem Gang ohne Zwischenfälle.

Noch ein letztes Mal atmeten sie tief ein und Mathew griff an seinen Brüdern vorbei nach der Tür. Sie öffnete sich ohne Widerstand und die Drei standen in einen runden kuppelartigen Raum aus Stein. Es gab keine Ketten, oder Fesseln. Nirgendwo war Blut zu sehen oder Foltergeräte. Und in der Mitte des Raumes stand kein altargleicher Tisch.

„Was geht hier vor?"
Mathew rechnete damit, dass es eine weitere Illusion war und rief laut den Namen ihres Widersachers. Doch bevor es eine Reaktion gab, fielen alle drei Lampen aus und die Männer standen kurz in völliger Dunkelheit.
„Gebt mir eure Hände!"
Mathew hatte das gerufen. Er wollte sicher gehen, dass sie noch alle da waren. Doch Jake hatte bereits eine Leuchtfackel entzündet. Das was die drei schließlich im roten Licht der Fackel sahen sorgte für einen synchronen Aufschrei. Sie sahen sich plötzlich selbst. Ein

Spiegel stand direkt vor ihnen und sie sahen sich selbst in die Augen. Kyle hatte sich an die Brust gefasst und atmete erleichtert aus. Doch hinter ihnen materialisierte sich indes eine Gestalt aus Rauch. Und ehe die drei reagieren konnten, ragten Kyle und Jake jeweils eine Hand aus dem Brustkorb. Mathew war in der Mitte gestanden und schwang geschockt herum. Doch seine Brüder fielen regungslos zu Boden. Sie hatten zwar keine sichtbaren Wunden, doch bluteten beide aus dem Mund. Marakant nahm wieder das Gesicht von Mathew an und grinste ihn überheblich an. Dabei gestaltete sich der gesamte Raum um und zeigte die Frauen. Es war nicht die Szenerie, die Mathew im Traum gesehen hatte, doch sie war nicht weniger erschreckend. Völlig verdreckt und zusammen gekauert saßen sie alle an der Wand gegenüber des Eingangs. Alle waren an den Füßen angekettet, die völlig aufgescheuert waren. Ohne Vorwarnung überkam Mathew der Geruch von Exkrementen und Blut. Er schlug sich die Hand auf den Mund und blickte in die Augen seiner Familie. Er war nicht in der Lage zu schreien, oder zu ihnen zu laufen. Hass strahlte aus seinen Augen dem Geist vor sich entgegen.

„Ich bin noch nicht sonderlich weit gekommen."

Marakant zeigte auf eine andere Stelle im Raum, an dessen Wand die Köpfe seiner Mutter und dreier seiner Tanten hingen. Seine älteste Cousine war zu sehen und auch seine Schwester. Es gab sogar einen Kopf, den Mathew nicht kannte. Darunter stapelten sich die Körper, die auf bestialische Weise verstümmelt worden waren. Marakant hatte sich offenbar wirklich Zeit genommen. Mathew liefen lautlos die Tränen herunter.

„Aber jetzt kann ich mich endlich wieder ungestört deiner Familie zuwenden."

Mathew konnte plötzlich wieder sprechen und so kurz vor dem Tod hätte es ihm vielleicht egal sein können, doch er musste es wissen.

„Warum?"

Die Stimme war schwach und gebrochen.

„Alle Frauen in deiner Familie sind Hexen Junge! Du weißt es nicht, aber entstammst einer Ahnenreihe aus Ketzerinnen und Teufelsanbeterinnen."

Marakant veränderte sich kurzzeitig und seine Gestalt rauschte und waberte. Er schien wirklich aufgebracht.
„Was haben sie schlimmes getan du perverses Schwein? Meine Mutter, meine Schwester, meine Tante... Sie alle... Ich kann mich nicht erinnern, dass sie ein Verbrechen begangen haben. Im Gegensatz zu dir... MÖRDER!!!"
Marakant winkte ab und wandelte im Raum herum. Dabei kam er an den lebenden Frauen vorbei und diese kauerten sich kraftlos und wimmernd noch enger zusammen, während sie die Brüder nicht aus den Augen ließen.
„Du musst wissen, dass sie mit ihrer Anzahl Macht gewinnen. Je mehr Frauen es in unserer Familie gibt, desto mächtiger sind sie. Und diese Bedrohung muss ausgemerzt werden, ehe sie entsteht."
Marakant stoppte den Versuch Mathews, erneut Einwände zu bringen.
„Nun wird das Ganze enden und die Geschichte der Kondere verläuft weiter ohne diese gottlosen Kreaturen."
Marakant wandte sich Mathew zu und erhob seine Hand. Sein Gesicht nahm das von Marius an und ehe Mathew irgend eine Reaktion diesbezüglich zeigen konnte, warfen ihn starke Schmerzen zu Boden. Seine Wunde hatte wieder angefangen zu bluten und sein helles Shirt war unter dem Mantel innerhalb kurzer Zeit klebend nass von Blut. Er drückte seine Hand auf die Wunde und keuchte, während sich die dunkle Gestalt Marakants auf die verbleibenden Frauen zubewegte.

„Mathew... hör mir zu, mein Sohn." Diese Stimme...

„Nun bringen wir die Blutlinie der Familie wieder ins Reine."
Marakant blickte sich in den verzweifelten Gesichtern um und zeigte nicht den Anflug von Mitleid. Er war gerade dabei, seine Hand nach seinem nächsten Opfer auszustrecken, als ein helles Licht seine Aufmerksamkeit verlangte.
„Was...?"
Marakant drehte sich keiner Gefahr bewusst gemächlich um und erstarrte. Mathew kniete auf dem Boden und vor ihm lag das

Messer seines Bruders Jake. Er hatte sich beide Hände aufgeschnitten und diese ruhten in zwei Blutlachen. Doch diese Blutlachen waren nicht von Mathew allein. Die Köpfe seiner Brüder lagen unmittelbar neben ihm. Und es leuchtete. Wie feine rote Funken stob das Licht aus dem Blut der Brüder.
„Magie!"
Marakant spuckte aus.
„Das ist doch nicht möglich!"
dann erklangen drei Stimmen. Die Stimmen der Brüder als Kinder waren zu hören.
Dies ist unser Versprechen...auf unser Blut... Es soll ihnen kein Leid zustoßen... solange... unser Herz schlägt. Bis zum letzten Atemzug...
„Wir haben unser Versprechen gehalten Marakant. Bis zu unserem letzten Atemzug."
Mathew hatte Hass in seinem Blick und Schweiß der Angst im Gesicht.
„Wir drei sind nun alle für einen Moment tot gewesen."
Dann lächelte Mathew plötzlich, während seine Brüder die Augen öffneten. Sie rafften sich auf die Knie und einer nach dem Anderen nahm das Messer in die eine Hand und schnitt sich damit in die Andere. Marakant schien damit beschäftigt, das Ganze zu verstehen. Er wirkte jedoch nicht beunruhigt, was eben diesen Effekt auf Mathew hatte.
Jake und Kyle sprachen kein Wort, sondern nahmen jeweils eine Hand ihres Bruders. Das Blut indes leuchtete nun aus ihren zusammen geschlossenen Händen und Marakant spürte eine unbekannte Kraft.
Er lachte wie ein Wahnsinniger.
„Ihr habt also zu eurer Magie gefunden. Das freut mich für euch."
Mathew und seine Brüder spürten plötzlich eben jene Angst, die sie in der Nacht des Paktes verspüren mussten. Sie alle atmeten hektischer und fingen gebadet in Angstschweiß an zu zittern.
„Ich verrate euch nun ein kleines Geheimnis meine lieben Nachkommen."

Marakant erhob eine Hand in Richtung der Frauen und Lilly fing an panisch zu schreien, als sie von einer unsichtbaren Kraft in die Luft gehoben wurde.

„Als ich die erste Hexe vor vielen Jahren erledigte, nahm ich unwissend einen Teil ihrer Kräfte in mich auf. Es war wie ein Rausch!"

Marakant schnippte mit den Fingern und Lilly bewegte sich von selbst auf den Tisch zu, auf dem die anderen Frauen getötet worden waren, wie an dem Blut zu sehen war.

„Danach schenkte mir jede tote Hexe einen Teil ihrer Fähigkeiten."

Marakant, der noch immer Marius´ Gesicht trug, grinste selbstzufrieden.

„Als ich schließlich genug Macht innehatte, konnte ich mir eine Art Lebensversicherung aneignen."

Lilly schwebte über die Köpfe der Brüder hinweg und drehte sich dabei leicht. In ihrem Arm hielt sie fest ihr Neugeborenes umklammert. Jake schluchzte, das hörte Mathew deutlich. Das ließ das Grinsen in Marakants Gesicht nur noch breiter werden.

„Ehe ich also von meinen eigenen Töchtern gegrillt wurde, legte ich einen Fluch über mich selbst."

Plötzlich wandelte sich der Nebel, der Marakant umgeben hatte in feste Masse und formte den Körper, den Mathew von Marius kannte.

„Der Körper für dieses Vorhaben war ein freiwilliges Opfer."

Lilly schluchzte leise, dass man ihrem Baby nichts antun solle, als sie auf dem Altar langsam nieder ging.

Marakant gebot ihr mit einem Finger auf seinem Mund Stille und wandte sich wieder den gequälten Brüdern zu, die nun solch massive Angst verspürte, dass es in körperliche Schmerzen überging.

„Es handelte sich um einen naiven Provinzpfaffen, den ich nicht lange überreden musste, sich meiner Gottesmission anzuschließen."

Er ging ein paar Schritte rückwärts auf Lilly zu, die immer lauter wimmerte.

„Also werde ich mit jedem Opfer mächtiger und komme ein Stück der Unsterblichkeit näher. Warum sollte ich also damit aufhören?"
Das Leuchten wurde plötzlich schwächer und die Brüder blickte entsetzt in Lillys Richtung.
„Euer lächerlicher Pakt ist nur ein zweitklassiger Zauber. Nicht mehr, als ein Kartentrick."
Noch einmal lachte Marakant wahnsinnig auf.
„Nun seht mir dabei zu, wie ich noch mächtiger werde. Noch ein wenig mehr und ich werde mich unbegrenzt auf dieser Welt bewegen können."
Ungebremst bewegte sich Marakant auf Lilly und das Baby zu, während die Brüder machtlos zusehen mussten. Als Marakant plötzlich laut aufschrie. Der Verwirrung der Brüder folgte ein Ausruf, der sich angestrengt anhörte.
„Du wirst sie in Ruhe lassen!"

An der Tür stand plötzlich Victor. Seine Nase blutete und er schien sich massiv anstrengen zu müssen, in den Kopf des irren Massenmörders vorzudringen.
„Wusstest du, dass ich einen Mann töten kann, wenn ich meine Fähigkeiten bündle?"
„Das kann ich auch!"
Victor wurde von den Füßen gerissen und gegen die nächste Wand geschleudert, als sei er eine Pappfigur. Man konnte Knochen brechen hören. Er fiel gekrümmt zu Boden und regte sich nicht mehr.
„Jetzt ist Schluss mit diesen Späßen. Es wird Zeit für Blut und Macht!"
Marakant wandte sich wieder Lilly zu und öffnete seinen Mund, als wolle er sie verschlingen. Dieser streckte sich unmenschlich und ein Sog entstand, der Lilly, wie auch das Baby aufschreien ließ.
„Mom, Dad...!!! Bitte, das könnt ihr nicht zulassen!"
„Das werden wir nicht Sohn!"
Marakant fiel die Fassung aus dem Gesicht, als er sich umsah. Und die Brüder wollten sehen, was er sah. Die Stimme hatten offensichtlich dieses Mal alle gehört. Es war die gütige Stimme

ihrer Mutter. Eine warme und strahlende Hand fasste Mathew an die Schulter, der er sich zuwenden wollte.
„Nein ihr Lieben. Lasst nicht los. Ihr und euer Pakt seid unsere Verbindung zu diesem Ort."
Sie strich allen dreien über die Schultern und die Brüder beobachteten, dass sich Verwandte aus ihrer Vergangenheit im gesamten Raum verteilten. Auch ihre Großmutter ging in strahlender goldfarbener Gestalt auf die Gruppe Frauen zu, die noch lebten. Sie waberte ähnlich dem Perversen, der noch immer über der total verängstigten Lilly stand. Eine Tatsache, die darauf hinwies, dass auch er noch nicht vollständig im Leben stand.
„Ihr könnt mich nicht aufhalten!"
„Du bist bereits aufgehalten Marakant. Du hast den Akt der Liebe und der Unschuld unterschätzt."
Obwohl sie gerade ihre Söhne gestreichelt hatte, schwebte Elenore unerwartet durch ihre Söhne hindurch auf Marakant zu.
„Meine Söhne haben als Kinder die älteste und wirksamste Form der Magie erschlossen. Eine Magie, die mächtiger ist, als unser aller Magie zusammen genommen."
Sie wandte sich ihren Söhnen zu, ohne auch nur Marakants Reaktion abzuwarten. Der Vater der Brüder erschien ebenfalls direkt hinter Marakant und lächelte seine Söhne zufrieden an. Eleonore sprach wieder voll Liebe zu ihren Söhnen.
„Wir sind uns alle einig, dass wir extrem stolz auf euch sind ihr Lieben. Ihr habt nur durch eure Zuneigung und Aufopferung eure Familie gerettet und auch zukünftige Generationen vor einem schrecklichen Schicksal bewahrt."
Dann erschien plötzlich Miriam und sah Mathew direkt in die Augen.
„Jake und Kyle haben auf dich gewartet, ehe sie herkamen. Sonst wäre all das nicht möglich gewesen. Also vertraut einander wieder, wie Brüder es tun sollten."
Sie lächelte voller Güte und Mathew tat es ihr unter Tränen gleich.
„Aber wie?"
„Die starke Verbindung von euch allen im Traum gab uns die Möglichkeit. Nur kurz, doch ausreichend. Als sie uns sahen, war

ihr Vertrauen auch wieder hergestellt. Wir erklärten ihnen dein kleines Geheimnis und leiteten sie an, auf dich zu warten."
Mathew spürte, wie mehr Kraft in den Pakt überging, als er sein volles Vertrauen wieder hatte. Es war ein vollkommener Moment. Eleonore lächelte, während sie das beobachtete und ging nach einem eindeutigen nicken ihrer Tochter auf den alten Mann zu. Nahe bei ihm nickte sie für ihren Teil ihrem Mann zu, der noch immer hinter Marakant stand. Nored fasste dem alten Mann an der Schulter, was diesen dazu veranlasste mit geweitetem Blick in wimmerndes Schreien auszubrechen. Er fluchte und schrie, dass all das nicht wahr sein konnte. Doch das Licht und die Wärme, die von den Händen der Jungs und den toten Verwandten ausging wurde jetzt sehr machtvoll. Mathew wusste nicht, warum er das spürte, doch er wusste, dass die gestohlene Macht von Marakant wieder in Familienbesitz überging. Er verstand, dass sich in dieser Nacht weit mehr für die Familie ändern sollte, als ihnen allen bewusst war.
„Es ist soweit Kinder."
Eleonore wandte ihren Blick von Marakant ab und der gesamten Familie zu. Die Geister der geliebten Verwandten hatten den Mädchen geholfen und wie Mathew nun erstaunt auffiel, hatten sie diese auch gesäubert und eingekleidet. Hier war in den vergangenen Minuten unglaubliches vonstattengegangen.
„Unsere Zeit hier ist nun vorüber und wir müssen wieder getrennte Wege gehen."
Ihre Mutter war bereits am Verschwimmen und Mathew wusste, dass es nun um den Abschied ging.
„Was geschieht mit diesem Schwein?"
Nicht unbedingt das, was die anderen Beiden als einen der letzten Sätze an ihre Mutter gerichtet hätten, doch auch Jake und Mathew wollten es wissen. Eleonore hatte Bedauern im Blick, als könnte sie trotz allem was geschehen war Mitleid für den Mann aufbringen, der auch sie einer unglaublich grausamen Tortur unterzog.
„Marakant wurde für schuldig befunden. Er wird endgültig ausgelöscht, nach einer Strafe aus außerphysischer Pein, die über jede Vorstellung hinausgeht."

Marakant wurde von etwas dunklem erfasst, soviel konnten die Jungs noch sehen, aber dann verschwand er nur in einem Mark erschütterndem Schrei. Ehe auch Eleonore sich endgültig auflöste, wandte sich noch Mathew an seine Eltern.
„Sehen wir euch wieder? ...Ich meine ehe wir zu euch kommen."
Seine Mutter lächelte und das Licht in den Händen und dem Blut auf dem Boden verblasste langsam.
*„Der Schlüssel ist in unserer Geschichte und eurem Blut. Wir **alle** haben es im Blut."*
Schließlich verschwand Eleonore und ließ die Lebenden völlig überwältigt zurück. Die Brüder lösten ihren leicht verkrusteten und blutverschmierten Griff voneinander. Dann standen sie auf und Jake ebenso wie Kyle taten, was sie tun wollten, seit sie sie gesehen hatten. Beide fielen ihren Frauen und Jake seinen Kindern in den Arm. Es war neben dem gerade erlebten Dingen der mit Abstand emotionalste Moment. Mathew beobachtete das Ganze und blickte sich mit Tränen in den Augen um. Dann erblickte er jemanden, den er komplett vergessen hatte. Auf dem Boden direkt neben dem Eingang zu diesem Höllenloch lag regungslos Victor. Hastig bewegte sich Mathew auf ihn zu und drehte ihn schließlich auf den Rücken.
„Was ist passiert?"
Mathew erschreckte sich sichtlich, als Victor ganz plötzlich los quasselte.
„Wir..."
Er schüttelte den Kopf und half dem stöhnenden Mann auf die Beine.
„Ist ´ne lange Geschichte... Und ziemlich schwer zu glauben."
Victor lächelte.
„Ich hoffe mit Happyend?!"
Mathew lächelte ebenfalls und nickte.
„Es ist etwas spät für lange Geschichten. Wie wäre es mit morgen früh, beim gemeinsamen Frühstück?"
Mathew hatte gerade den Arm des von Blessuren geschädigten Schönlings auf seiner Schulter abgelegt, als er innehielt und Victor

genau ansah. Dann lächelte er noch breiter und nickte erneut. Dann blickte er sich um und nahm ein ernstes Gesicht an.
„Doch zuerst werde ich die vielen Leute mal hier raus schaffen und davon überzeugen, dass unser Elternhaus ein besserer Ort ist, dieses Wiedersehen zu feiern."
Er seufzte leise.
„Wir haben noch einiges zu tun... und viel mehr zu erklären."

Ende... vorerst.